# 전지적 어린이 시점

어른은 모르는 어린이의 귀여운 사생활 ────

# 전지적 어린이 시점

임소정 지음

유노
라이프
LIFE

# 어린이의
# 마음을
# 만나는 순간

요즘 제 직업을 유치원 교사라고 직업을 소개하면 자
주 듣는 말이 있습니다.

"힘들겠어요."

그리고 애처로운 눈빛은 덤입니다. 당연히 어느 직업
이든 힘들지 않은 일은 없겠지만, 다행히 저에게는 힘든
일을 이겨내는 비법이 있습니다. 저의 피로를 잊게 만드
는 단 한 가지 마법, 바로 '어린이의 마음'입니다. 그 마

음은 놀랍게도 저의 원동력이 되고, 저를 기쁘게, 행복하게, 때로는 눈물 흘리게 합니다. 이 마음을 아주 가까이에서 만날 수 있다는 것이 저의 특권이랄까요.

⚜

　제가 유치원에서 함께 지내며 본 어린이들은 하늘하늘 춤을 추는 무해한 들꽃 같았습니다. 어린이에게 별 관심이 없는 어른도 이 마음을 한번 맛보고 나면 어린이를 바라보는 시선이 달라질 겁니다. 신기하게도 어린이들에게는 이미 배려하는 마음, 사랑하는 마음, 베푸는 마음, 아끼는 마음이 있었습니다.

　어느 날 정민이가 저에게 다가와 말했습니다.

　"선생님, 돈은 있어요? 회사에 안 가고 맨날 유치원에 오잖아요. 정말 걱정이에요. 제 용돈 좀 줄까요?"

또 어느 날은 희주가 오물오물 젤리를 먹으면서 이렇게 말했습니다.

"선생님, 여기서 선생님이랑 친구들이랑 같이 먹으면 젤리가 달콤한데, 집에 가서 혼자 먹으면 안 달콤해요."

어린이는 관심과 걱정을, 함께하는 행복을 이렇게 표현합니다. 조금 서툴지만 진심이 가득 느껴지기에 제 마음은 점점 따뜻해집니다.

이런 순간을 놓치고 싶지 않아 어린이들을 관찰하며 기록하기 시작했습니다. 그리고 저도 이 치명적인 귀여움과 따스함을 누군가에게 전하고 싶어졌습니다. 어린이가 한 말처럼 혼자만 알고 있으면 덜 따뜻할 것 같아서요. 같이 알수록 더 많이 따스해질 테니까요.

여러분들은 혹시 어린 시절 나의 모습을 기억하시나

요? 분명 어린 시절을 보낸 모든 사람의 깊은 내면에는 어린이의 마음이 남아 있을 겁니다. 순수하고 투명하고 다정한 그 마음을 떠올려보는 건 어떨까요?

모든 사람이 어린이를 좋아하지 않는 것은 알고 있습니다. 하지만 어린이를 싫어하는 사람은 있을지언정 어린이의 그 마음을 싫어하는 사람은 없으리라 생각합니다. 저 또한 어린이가 좋아서 유치원 교사를 한다고 하지만, 사실 조금 더 솔직히 말하면 어린이의 마음이 좋았습니다.

어린이들과 함께하다 보면 종종 어린 시절로 추억 여행을 떠나곤 합니다. 어른의 눈으로 보지 못하는 세상의 행복을 발견하고, 너무 사소하다고 생각해 미처 보지 못했던 것들을 다시 바라보게 됩니다. 여러분들도 이 책을 읽으며 빛바랜 추억 속에서 행복의 흔적을 찾는 여행을 떠나보시길 바랍니다.

미소와 따뜻함이 그리운 누구나, 제가 어린이들에게 위로받아 때로는 힘든 유치원 교사의 삶을 이겨내는 것처럼, 느닷없이 이 책을 읽으며 위로받기를 바랍니다. 덧붙여 어린이들이 살기 좋은, 좀 더 따뜻하고 안전한 세상이 되길 바랍니다. 어린이의 어여쁜 마음을 지켜주는 어른들과 함께라면 가능하지 않을까요?

이 책이 나오기까지 많은 에피소드를 나눠 준 동료 선생님들, 저와 함께한 어린이들에게 고마운 마음을 전합니다.

임소정

# 차례

# 작은 몸에서 나오는 큰 사랑

# 어린이의 말, 말, 말

# 3장

# 어린이에게 위로받는 순간

# 날마다 성장하는 어린이

# 가족이라는 세계

# 1장

## 작은 몸에서 나오는 큰 사랑

# 육천 원어치의
# 사랑

"선생님은 무슨 색 좋아해요?"

"선생님 어떤 동물 좋아해요?"

유치원 어린이들은 선생님에게 궁금한 게 아주 많다. 시시콜콜한 것부터 아주 개인적인 부분까지 하나도 빠짐없이 알고 싶어 한다. 나는 어떤 답변은 솔직하게, 어떤 답변은 상상의 나래를 펼쳐 대답한다.

한 어린이와 블록으로 놀고 있는데 하성이가 다가와 넌지시 질문을 던졌다.

"선생님 어떤 음식을 가장 좋아해요?"

쉬운 질문이었다. 나는 솔직하게 대답했다.

"음…. 선생님은 떡볶이!"
"우리 엄마도 좋아하는데! 순대도 좋아해요?"
"그럼!"
"근데 떡볶이랑 순대는 얼마죠?"
"아마도 삼천 원 정도씩, 육천 원?"

별 대수롭지 않은 대화였다. 이어서 블록 놀이도 하고 다른 이야기도 하며 시간을 보냈다.

며칠 뒤 하성이가 아침에 등원하자마자 나에게 무언가 보여 줄 게 있다는 듯 자꾸 사물함 쪽으로 오라며 손짓했다. 귀여운 모습에 안 갈 수가 없었다. 다가가니 하성이가 가방에서 천 원짜리 한 장을 꺼냈다. 또 한 장, 또 한 장….

"선생님, 육천 원이요. 이거 가져요. 선생님이 좋아하는 떡볶이랑 순대 사 먹어요."

하성이는 며칠 전 했던 말을 기억해서 육천 원을 모아 왔다. 가방에 한 장 한 장 세어 넣었을 생각을 하니 눈물이 핑 돌았다. 나의 소소한 것도 기억해 주는 마음이 고마워서, 내가 좋아하는 음식을 사 주려는 마음이 기특해서, 일곱 살의 따뜻한 마음이 놀라워서.

육천 원어치의 사랑이었다. 가보로 간직하고 싶은 마음이 가득했지만, 이내 울렁이는 마음을 다잡고 사진을 찍었다. 그 육천 원은 하성이의 마음을 지키기 위해 몰래 다시 가방에 넣어 집으로 보냈다.

그땐 초임 첫해였기에 '내가 이렇게 사랑을 받아도 되나?'라는 생각을 자주 했다. 교실에서 생활하다 보니 알게 된 사실인데, 어린이의 사랑은 일회성이 아니다. 매

하성이가 아침에 등원하자마자 무언가 보여 줄 게 있다는 듯
자꾸 사물함 쪽으로 오라며 손짓했다.
하성이가 가방에서 천 원짜리 한 장을 꺼냈다.
한 장, 또 한 장….

일매일 나의 마음을 다독이는 릴레이 사랑이 펼쳐진다. 그 사랑에 이유나 조건은 없다.

사실 나는 이 일이 있기 전까지는 내가 어린이들의 마음을 지켜 주고 있다고 생각했다. 하지만 이 무한한 사랑을 계속 받다 보니 오히려 어린이들이 나의 마음을 지켜 주고 있었다는 것을 알게 되었다.

이런 사랑을 떠올리며 힘든 일, 지치는 일이 생겨도 이겨낸다. 내가 줄 수 있는 사랑을 모두 다 줘도 아깝지 않은 어린이들이 내 사랑을 먹으며 늘 건강하고 행복하게 자라나길 바란다. 내가 주는 사랑이 어린이들의 사랑에 비할 수 없지만 말이다.

떡볶이를 먹을 때, 난 늘 육천 원어치의 사랑을 떠올린다. 무엇과도 바꿀 수 없는 소중한 육천 원. 세상에서 가장 값진 마음이다. 나는 육천 원어치의 사랑을 받는 행복한 유치원 교사다.

# 나는 매일
# 고백받는다

"선생님, 선물이에요."

나는 매일매일 선물과 함께 고백받는다.

등원 길에 본 예쁜 꽃을 선물하고 싶다며 들꽃 한 송
이를 들고 온 어린이.

지난 주말 바다에 놀러 갔다가 내 생각이 났다며 "사
랑해"를 적은 조개껍데기를 선물하는 어린이.

내 얼굴을 그린 초상화를 선물하는 어린이.

아끼는 스티커를 망설임 없이 주는 어린이.

아무 말 없이 다가와 와락 포옹하는 어린이.

심지어 엄마의 반지를 몰래 집에서 가져오는 어린이도 있었다. 작은 몸에서 나오는 커다란 고백이 나를 자꾸 웃게 만든다.

어린이들은 사랑을 서슴지 않고 마구 표현한다. 하트 모양 그림을 그려달라고 하고, "사랑해 글씨는 어떻게 써요?"라며 궁금해하며 배우고, 자신이 할 수 있는 한 어떻게든 사랑을 표현하려고 한다.

어린이들이 그렇게나 하트 모양을 좋아하는 것을 보면, 순자와 맹자가 주장한 성악설과 성선설이 아니라 '성애(愛)설'이 아닐까 싶다.

이런 사랑이 좀 더 무르익으면 어린이들은 "우리 집에 놀러 오세요"라는 초대 고백을 하기 시작한다. 어제 아이스크림을 사두었으니 집에 와서 먹으라고 자꾸 나를 유혹하거나, 유치원에 가지고 올 수 없는 엄청난 장난감이 집에 있다며 나와 '밀당'을 하기도 한다.

나는 이런 촘촘한 초대의 포위망에서 어린이들의 동심을 깨지 않고 슬금슬금 빠져나가는 작전을 세운다.

"선생님은 너희 집이 어딘지 모르는데 어떡하지?"
"선생님은 길을 잘 모르는데…."
"초대장이 있어야 갈 수 있는데 선생님은 없어…."

변명 아닌 변명을 하지만 최고의 고백은 이럴 때 찾아온다.

"선생님, 비밀인데요. 우리 집 비밀번호는 ○○○○이에요. 이제 아무 때나 놀러 올 수 있죠?"

"쉿! 그런 거 아무한테나 말하면 안 돼!"라며 단호한 표정을 짓지만, 마음속에서는 귀여움과 벅차오름이 함께한다. 마치 옛날 드라마에서 봤던 사랑하는 사람에게 통장과 비밀번호를 알려 주는 그런 느낌이랄까? 고작 태어난 지 5년쯤 된 작은 어린이들에게 사랑이 어찌나 그렇게 많은지 따라갈 수가 없다.

꧁

유치원 교사가 되고 어린이들에게 배운 것 중 하나는 바로 사랑 표현이다. 어린이들은 좋을 때는 좋다고, 사랑하는 마음이 생기는 순간엔 사랑한다고 가감 없이 표현한다. 나는 멋쩍게 웃기만 하지만 어린이들은 거침없다.

나는 사실 지금까지 나와 가장 가깝고 나에게 많은 사랑을 주는 가족에게도 내 마음을 표현하는 데 인색했다. 하지만 요즘엔 평소에 하지 못했던 "사랑해"라는 말을 가족에게 하기 시작했다. 어린이들이 늘 하는 것처럼 말이다.

가족뿐만 아니라 주변의 사람들에게도 내 마음을 머뭇거리지 않고 표현한다. 누군가를 시기 질투하지 않고 있는 그대로 격려해 주는 것, 사랑한다고 표현하는 것, 고맙고 미안하다고 자연스럽게 말하는 것은 어른들에게 가장 필요한 일이 아닐까.

아마 사랑이 넘쳐난다는 말이 시각화된다면, 그건 어린이일 것이다. 가장 열정적으로 언제나 사랑하라는 말은 '어린이처럼 사랑하기'에 모두 담겨 있다.

나도 어린이처럼 글로, 그림으로, 표정으로, 행동으로 어떻게든 내 마음을 표현하며 어린이들에게 받았던 사랑을 이곳저곳에 나누고 싶다. 매일매일 고백받는 유치원 교사의 삶은 꽤 행복하다.

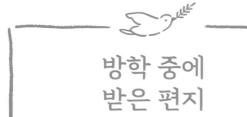

# 방학 중에
# 받은 편지

당직 차례가 되어 여름방학 중에 출근해야 하는 날이었다. 내 자리에는 내 이름 앞으로 온 서류와 편지들이 놓여 있었다. 알록달록한 색이 유독 눈에 띄었다. 470원짜리 우표가 붙어 있는 편지였다.

첫 번째 편지는 삐뚤빼뚤한 글자로 채워진 재윤이의 편지였다.

**임소정 선생님께**

**선생님 재윤이에요.**

오랜만에 출근한 내 자리에는
470원짜리 우표가 붙어 있는 편지가 놓여 있었다.

재윤이는 오늘 빵을 만들었어요.

선생님 저 보고싶으세요?

재윤이는 선생님 백개정도 보고싶어요.

사랑해요 ♡

마음이 따뜻해진 상태로 두 번째 편지를 열었다.

사랑하는 임소정 선생님께

방학 동안에 선생님 생각이 나요.

빨리 보고 싶어요.

예진 올림

선생님도 너희가 백 개, 천 개만큼 보고 싶어.

# 봉숭아
# 물들인 날

유치원 앞 텃밭에 봉숭아 씨를 심었다. 꽃을 꼭 피웠으면 하는 따뜻한 마음으로 어린이들과 함께 자주 물도 주고 햇빛도 잘 쬐어 주었다. 그 마음을 눈치챘는지 봉숭아 씨는 잘 자라서 알록달록한 꽃을 피웠다.

"우리 봉숭아 물들이기 해볼까?"

"그게 뭐예요?"

"저는 알아요! 네일아트 같은 거죠?"

그렇게 시작된 우리 반 봉숭아 네일아트 놀이. 나는 가게 사장이고 어린이들은 손님이다.

"사장님, 열 손가락 다 해주세요."
"네~ 손님."

볼긋하게 물들여진 손톱을 보며 좋아하는 어린이들을 보니 내가 더 뿌듯하다.

며칠 후 교사용 컴퓨터 앞에 꼬깃꼬깃 접은 색종이가 놓여 있었다.

**선생님깨**
**선생님 사랑해요.**
**또요. 봉숭아 해조서 고마워요.♡**

봉숭아 꽃잎에 이렇게 따뜻해질 수 있다니, 내 마음도 봉숭아처럼 볼그스름해졌다.

# 서프라이즈
# 파티

아침에 어린이들이 등원하기 전 재미로 작은 이벤트를 준비했다. 흰 종이에 글자를 쓰고 불빛으로 비춰야만 내용이 보이는 비밀 펜이 있는데, 그 펜으로 쪽지에 글자를 써서 숨겨 두었다. 보물찾기처럼 이곳저곳에 비밀 쪽지를 두고 펜으로 비춰 볼 수 있도록 말이다.

사랑하고 / 감사하고 / 멋진 / 열매반 / 친구들

일곱 살 어린이들은 단숨에 이벤트를 이해하고 등원

과 동시에 쪽지를 하나씩 찾아냈다. 작은 쪽지를 비밀 펜으로 보며 미소를 지었다. 이벤트는 성공이었다.

"얘들아, 잠깐만. 선생님 교무실에 다녀올게."

이벤트를 하고 며칠 지나지 않아 두고 온 게 있어 급히 옆에 있는 교무실에 갔다. 그런데 다녀오니 교실 불이 꺼져 있었다. 어린이들도 없고 교실이 텅 비어 있었다. 당황스러워 멈칫한 순간, 불이 켜지며 한 어린이가 쪽지를 건넨다.

### 친구 차자보세요 선생님

친구를 찾고 불빛이 있는 방향을 따라가니 계속 쪽지가 나왔다. 어린이는 비밀 펜을 주더니 종이를 비춰 보라고 손짓을 했다. 쪽지에는 이렇게 적혀 있었다.

**선생님 사랑해요**

어린이가 이끄는 곳으로 따라가니 또 쪽지가 나왔다.

**선생님 감사합니다**

조금 더 걸어가니 마지막 쪽지가 나왔다.

**선생님 사랑하고 감사해요**
**열매반 친구들이**

마지막으로 자기들이 아끼는 딱지 선물까지 준비해 두었다. 작은 손으로 글자를 쓰고, 쪽지를 숨기는 모습이 상상되어 더 감동적이었다. 예상치 못한 이벤트에 눈물이 났다. 내가 우는 모습에 어린이들은 "우리 이제 졸업도 하는데 이 정도는 해야죠!"라며 씩씩하게 외친다.

"선생님한테 우리도 편지 받았잖아요. 우리도 이렇게

사랑의 크기를 따질 순 없을 테지만,
내가 어린이들에게 받은 사랑은 너무 커서
돌려주고 돌려줘도 다 주지 못할 것이다.

선생님한테 다시 돌려주는 거예요."

　받은 만큼 베풀 줄도 알게 된 일곱 살 어린이들. 대견하고 고마운 마음에 자꾸만 눈물이 났다. 사랑의 크기를 따질 순 없을 테지만, 분명 내가 어린이들에게 받은 사랑은 너무 커서 돌려주고 돌려줘도 다 주지 못할 것이란 생각이 든다.

# 서로를
# 떠올린 날

"얘들아 주말에 동그란 달, 보름달이 뜨면 선생님이 너희를 생각하는 거야. 선생님은 너희들을 다 보고 있어. 주말 잘 지내고 만나자!"

금요일 하원 시간, 어린이들에게 장난스럽게 말했다. 그렇게 주말이 지나고 월요일 등원 시간, 나영이 어머니께서 내 얼굴을 보자마자 말씀하셨다.

"선생님! 아이가 주말에 보름달을 보면서 베란다에서

선생님을 한참 부르더라고요. 선생님이 정말 보고 싶었나 봐요."

그걸 기억하다니 귀엽고 기특한 마음에 나는 또 한 번 참지 못하고 장난을 친다.

"나영아, 주말에 선생님 부르는 소리 다 들었어. 선생님도 대답했는데! 안 들렸어?"

# 12월은
# 헤어짐의 달

여섯 살 어린이들과 헤어지는 것보다 일곱 살 어린이들과 헤어지는 것이 더 어렵다. 여섯 살 어린이들은 오고 가며 마주칠 수 있지만, 일곱 살 어린이들은 이제 유치원에 올 일이 없기 때문이다.

어린이들도 헤어짐이 아쉬운지 작은 편지를 가져온다.

**선생님, 사랑해요. 건강하게 사세요.**

**선생님, 수진이 이지지마세요! 그리고 너무너무**

사랑해요. 선생님 학교에 가도 선생님 안이지
고 놀러올게요! 좋아요!

소미가 선생님 사랑해요. 겅강해야대요. 정말
좋아해요.

사랑을 표현하고 건강을 빌어 주는 마음이 꾹 눌러
쓴 글자에서 느껴진다. 아마 헤어짐 앞에서 내어 줄 수
있는 가장 큰 마음이 아닐까.

# 매일 보고 싶은
# 어린이

내가 어린이들을 사랑하고 있다고 느낄 때는 앨범에 내 사진보다 훨씬 더 많이 저장된 어린이들의 사진을 보고 있을 때다.

유치원 교사의 핸드폰 앨범엔 늘 어린이들의 사진과 동영상이 가득하다. 퇴근 후 힘들다며 침대에 누워 빈둥거리다가도 나도 모르게 어린이들의 사진을 넘겨보고 있다. 방학엔 고요함과 정적을 즐기면서도 가끔씩 어린이들의 귀여움이 그립다. 그럴 땐 동영상을 튼다. 정신을 차리면 나는 옅은 미소로 웃고 있다.

'내가 어린이들을 많이 사랑하는구나.'

　　　　　　　　　　　🌿

　어린이들에게 여름방학 잘 보내라며 나와 둘이서 폴라로이드 사진을 찍고 간단한 멘트를 적어 선물했다. 그 선물을 잊고 지내던 어느 날, 은수가 말했다.

　"저는요 매일 유치원 끝나고 집에 가서 밥 먹을 때마다 선생님을 봐요."
　"어떻게? 선생님이 집에 갈 때?"
　"아뇨. 냉장고에 선생님 사진을 붙였거든요. 저는 맨날 맨날 선생님을 봐요."

　서로가 없는 곳에서도 서로의 사진을 보며 마음으로 전하는 사랑이 아닐까. 사랑한다고 말하지 않아도, 보이지 않아도, 함께 있지 않아도 알 수 있는 마음이다.

# 어린이는 대충
# 좋아하지 않는다

어린이들은 무언가 좋아하는 게 꼭 있다. 그런데 신기한 점은 대충 좋아하지 않는다는 것이다.

어린이들은 여러 파로 나뉘는데, 특히 공룡파와 자동차파가 대표적이다. 이 파에 속한 어린이들은 공룡이나 자동차와 떼려야 뗄 수 없는 관계가 되고, 소위 말하는 '덕후(어떤 분야에 몰두해 열정과 흥미가 있는 사람이라는 긍정적인 의미)'가 된다.

이때의 덕후 어린이는 정말 대단한데, 그림자만 봐도 공룡의 긴 이름을 줄줄 외우고 특징까지 간파한다.

저번에 공룡파와 더 친해지겠다고 이름도 몰랐던 트리케라톱스 모형을 가지고 "내가 너희를 다 잡아먹겠다!"라고 이야기했다가, "걔는 초식공룡인데요? 걔가 잡아먹혀요"라는 말을 들은 적도 있다. 공룡파인 어린이들은 공룡 백과사전을 펼쳐 놓고 공룡의 특징이나 이름을 보는 일을 하루 일과에서 빼먹지 않는다.

자동차 덕후도 둘째가라면 서럽다. 자동차 덕후 중 자동차 모델을 줄줄 외우고 다니는 어린이가 있다. 사진만 보여 주면 자동차 모델과 출시 연도를 바로 말한다. 등원할 때 본 반 친구들의 부모님 차 기종을 모두 기억해서, 등원한 친구에게 "친구야, 너 오늘 티볼리 2019년형 타고 왔니?"라며 인사를 건네기도 한다.

내가 봤던 최고의 덕후는 바로 대중교통을 좋아하는 우재였다. 우재는 대중교통 중에서 특히 지하철과 버스를 좋아하는 어린이였다. 유치원에서는 월요일마다 주말 이야기를 나누는데, 늘 우재는 주말에 이층 버스를 탔다고 자랑하거나 지하철 1호선을 탔다고 자랑스럽게 말했다.

어느 날 우재가 "선생님은 유치원에 어떻게 와요?"라고 물어 "지하철도 타고, 버스도 타"라고 대답했더니, 그날부터 나를 보는 우재의 눈빛이 초롱초롱하게 바뀌었다. 그 후로 "선생님, 오늘도 지하철 타고 왔어요?"가 우재의 인사가 되었다. 우재의 부러움을 받는 나는 뿌듯하게 대답했다.


"응! 지하철 타서 수원역에서 버스로 갈아탔어."

"1호선이죠? 동글이에요, 납작이에요?"

"그게 뭔데?"

"지하철이요. 1호선엔 동글이랑 납작이가 있어요."

"선생님은 4호선 타고 오다가 1호선으로 갈아탔어."

"4호선에는 뱀눈이랑 주둥이가 있는데! 둘 중에 뭐였어요? 와 진짜 부럽다!"

어느 날 우재가 "선생님은 유치원에 어떻게 와요?"라고 물어
"지하철도 타고, 버스도 타"라고 대답했다.
나를 보는 우재의 눈빛이 초롱초롱하게 바뀌었다.

경기도민으로서 지하철을 수없이 많이 타 본 내가 처음 들은 단어였다.

"우재야, 방금 지하철 뭐라고? 1호선이 뭐라고 했지? 선생님이 잘 몰라서 검색해 볼게."
"1호선은 동글이, 납작이. 4호선은 뱀눈이, 주둥이요."

진짜 있는 말이었다. 우재가 말한 동글이, 납작이는 지하철 기종을 뜻하는 것이었다. 공식적인 말은 아니고 기종을 쉽게 부르는 애칭이었다. 아, 내가 이런 지하철을 타고 다녔구나.

"주둥이는 나온 지 얼마 안 됐어요. 완전 새것이에요. 저는 한 번도 못 타 봤어요. 뱀눈이는 진짜 앞이 뱀눈처럼 뾰족하게 생겼는데!"

그 뒤로 나는 매일 출근길에 지하철이 역으로 들어오는 소리가 들리면 지하철의 앞모습을 동영상으로 촬영

하고 우재에게 보여 줬다. 내가 주둥이를 탄 날이면 우재는 부럽다며 감탄을 금치 못했다.

이것이 어린이의 진심이 아닐까 싶다. 어린이에게 대충은 없다. 좋아하는 것이라면 하나부터 열까지 진심으로 아끼고 사랑한다. 어른의 '덕질'은 어린 시절에 배운 진심인 것 같다. 지금까지도 귀여운 스티커와 문구류를 진심으로 좋아하는 나처럼 말이다.

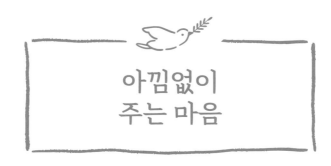

# 아낌없이
# 주는 마음

　너무 가혹하겠지만 나는 어린이들에게 '유치원에 장난감이나 소중한 물건을 가지고 오지 않는다'는 규칙을 공표했다. 쉽게 말하면 '외부 장난감 출입 금지' 정도가 될 수 있겠다.

　이 규칙은 장난감 때문에 서로 갖고 싶다며 울고 싸우고 욕심 부리는 마음 때문이 아니라, 아이러니하게도 어린이의 순수한 마음 때문에 생긴 규칙이다.

　어느 날 승아는 어제 문방구에서 산 귀여운 캐릭터

지우개 세트를 가져와서 친구들에게 보여 줬다.

"나 어제 엄마가 이거 사 줬어. 귀여운 몰랑이"
"우와, 귀엽다!"
"너는 이거 없어? 그럼 내가 줄게."

승아는 주저 없이 말하며 지우개를 하나씩 나눠 주기 시작했다. 작은 지우개쯤이야, 대수롭지 않게 여겼다.

다음 날 승아는 지우개 대신 새로운 메모지를 가지고 와 또 친구들에게 나눠 주었다. 그것을 시작으로 다른 친구들도 자신의 물건을 가지고 와서 서로 교환하고 나누는 것이 우리 반의 작은 유행이 되었다.

문제는 친구에게라면 뭐든지 주고 싶은 마음이 점점 더 커졌다는 것에 있었다. 적당한 가격의 물건을 주고받으며 마음을 표현하는 것은 괜찮지만, 점차 비싸고 고급스러운 장난감까지도 스티커와 같은 작은 물건과 교환하기 시작했다. 재고 따지지 않는 순수한 마음과 현실적인 상황 사이에서 난감한 순간이었다.

어린이들은 자기가 가진 것을 나눠 주는 데 주저함이 없다. 얼마짜리 물건인지 가치나 가격도 따지지 않는다. 친구가 좋아하면 그만이라는 마음 하나로 모든 걸 나누고 싶어 한다. 그 마음이 이해되지만 계속 이렇게 둘 수는 없었다.

물론 이 복잡한 일을 어린이들에게 설명한다는 게 쉽지 않았다. 어린이들에게 상황에 대해 충분히 설명하고 '외부 장난감 출입 규칙'을 정했다. 정확히 이해했을까 싶지만 교사인 나에겐 최선의 선택이었다.

어린이들은 재고 따지지 않는다. 친구에게 좋은 것을 다 주고 싶은 마음으로 가득 차 있다. 친구와 가끔 싸워도 언제 그랬냐는 듯이 재미있게 놀고 또 가장 먼저 챙긴다.

시간이 흐를수록 이런 티 없는 순수함을 볼 일은 줄어들겠지만, 그럼에도 아직은 친구와 마음을 나누는 일,

우정을 소중하게 여기는 마음이 다치지 않도록, 변하지 않도록 지켜 주고 싶다.

# 꾹꾹 눌러 담은 사랑

어린이들과 생일파티를 할 때는 선물을 사 와서 주고 받기보다는 친구들의 마음을 느낄 수 있는 특별한 축하를 나누고자 한다. 꼭 물질적인 선물이 아니어도 진심을 전하는 마음이 더 소중하다는 것을 어린이들이 자연스럽게 느끼길 바라는 마음에서다.

우리 반의 생일 축하는 이렇게 이루어진다. 먼저 유치원에 있는 다양한 음식 장난감을 활용해 멋진 생일상을 차린다. 보자기를 책상 위에 덮어 두면 레스토랑처럼 제법 근사해 보인다. 생일인 친구가 생일상 가운데에 앉으면 한마음 한뜻으로 생일 축하 노래를 부른다.

그리고 마지막으로 가장 중요한 편지 쓰기. 어린이들이 한 장씩 정성껏 쓴 편지를 모아 작은 책으로 만들어 선물한다. 우리 반 어린이들이 가장 정성을 쏟는 순간은 바로 편지를 쓰는 시간이다. 그림도 괜찮고 글도 괜찮다. 친구를 위한 마음이 드러나기만 하면 다 좋다.

나는 미리 생일인 어린이를 소개하고 친구들이 직접 질문할 수 있는 시간을 준다. 사실 친구들의 질문은 늘 비슷하다.


"무슨 색을 좋아해?"

"좋아하는 음식 있어?"

"어떤 동물을 좋아해?"

"어떤 캐릭터를 좋아해?"


각자 좋아하는 것이 다르기에, 생일 편지들은 하나하나 특별한 모습으로 꾸며진다. 무지개 색을 좋아한다고 한 친구를 위한 편지에는 무지개가 빠짐없이 등장하고,

과일을 좋아한다고 한 친구의 편지에는 온갖 과일이 알록달록 그려진다. 생일을 맞은 친구가 좋아한다고 말한 동물과 캐릭터도 정성껏 그리고 색칠한다. "생일 축하해"라는 글자를 어떻게든 완성해서 편지를 쓰기도 한다.

하지만 어떤 편지에도 빠지지 않는 내용은, 바로 하트 그림과 "사랑해"라는 글자다. 친구를 생각하며 그림 하나, 글자 하나씩 정성스럽게 채운 편지는 꾹꾹 눌러 담은 사랑이다. 그렇게 완성된 편지들은 어떤 선물보다 감동적인 생일 책이 된다.


어린이들은 친구에게 자신의 마음을 최선을 다해 알려 주고 싶어 한다. 물질적인 선물 대신 친구를 위해 직접 그림을 그리고 온 마음을 다해 축하하는 그 순간은 무엇보다 빛난다. 그렇게 작은 손길로 완성된 편지 속에서 어린이들의 작고 따뜻한 우정이 반짝인다.

# 마음만 닿으면
# 된다

유치원 텃밭에서 기른 고구마를 수확했다.

"얘들아! 우리가 열심히 키운 고구마야!"

우리 반 어린이들은 직접 키운 고구마를 무척 신기해
한다. 어린이들이 자세히 관찰할 수 있도록 수확한 고구
마를 교실로 가지고 왔다.

아연이는 유치원 한편에 자리를 잡은 고구마를 유난
히 열심히 쓰다듬는다. 이리저리 고구마를 사랑스럽게

쳐다봤다가, 조심스럽게 작은 두 손으로 감싸기도 하면서 고구마를 소중하게 대한다.

"선생님! 얘네 너무 귀여워요."
"고구마가 너무 귀엽다고? 하하하"

아연이는 이제야 알았냐는 듯이 고개를 끄덕이고 고구마에게 뽀뽀를 한다.

"나 뽀뽀했어! 고구마한테."
"어머! 아연이 뽀뽀 덕분에 고구마가 너무 좋아하겠다."

그 말을 들은 아연이는 고구마에게 다정한 눈빛을 보내며 말한다.

"고구마야 기분 좋아?"

어린이들의 다정한 손길과 눈빛을 받으며 교실 한편

에 자리한 고구마는 단순한 작물이 아니라 어린이들과 함께한 시간의 기록이었다. 텃밭을 가꾸고 물을 주었던 순간, 함께 기다리고 돌보며 보낸 그 시간마저 사랑으로 변화시키는 어린이들의 모습을 보면 정말 마음이 따뜻해진다.

어린이들의 사랑엔 생명의 경계가 없다. 고구마든 돌멩이든 어떤 것이라도 어린이들의 마음이 닿으면 사랑받는 존재가 된다. 어린이들에게 사랑은 그저 마음이 닿는 모든 것에 아낌없이 나누는 순수한 감정이다. 뽀뽀도 서슴지 않고 말이다.

# 부드러운 볼,
# 부드러운 마음

희준이는 누나가 둘인 집의 막내다. 집에서뿐만 아니라 유치원에서도 막내 역할을 톡톡히 하는 귀염둥이다. 가끔 토라지기도 하지만 애교가 넘치는 비타민 같은 존재다. 넘치는 애교를 주체하지 못해, 친구들과 놀다가 멈추고 갑자기 다가와 나를 포옥 안아주고 또 아무 일 없었다는 듯 유유히 친구들 곁으로 돌아간다.

애정 표현을 아끼지 않는 희준이가 특히 좋아했던 행동은 일명 '부비부비'였다. 유치원에 등원해서 꼭 한 번은 내 얼굴과 자신의 얼굴을 맞닿게 하고, 볼이 찌그러질 때까지 붙였다. 그리고 고양이가 몸을 비비듯 위 아래로 두어 번 비비적거렸다.

　그렇게 나에게 찰싹 붙어 볼록하고 발그레한 볼로 온기를 나눠 줬다. 그러고는 또 말없이 어디론가 가버렸다. 귀여움과 애교로 내 정신을 쏙 빼놓은 채 말이다.

　매일 꼭 치러야 하는 의식처럼 희준이가 하루라도 부비부비를 하지 않으면 서운할 지경에 이르렀을 때, 희준이의 마음이 궁금해서 물어봤다.

　"희준아, 부비부비는 왜 하는 거야? 부드러워서?"

　희준이는 눈을 천천히 감았다 뜨면서 아주 당연하다는 듯이 말했다.

　"왜냐고요? 그건 제가 선생님을 사랑하니까요!"

　어린이가 사랑을 말하는 방법은 무한하다. 희준이는 말 대신 볼로 사랑을 말하고 있었다. 그 사랑을 다람쥐

같은 볼록하고 귀여운 볼에 차곡차곡 담아 두었던 게 분명하다. 볼을 닿게 해 자꾸만 마음을 전하려고 했던 것을 보면 말이다.

# 2장

# 어린이의
# 말, 말, 말

# 알쏭달쏭한 대화

아직 언어에 서툰 어린이들은 들리는 대로 말하거나 잘못 말하는 경우가 많다. 그리고 몰랐던 사실을 알게 되면 질문도 아주 많다. 얼굴에 물음표를 한가득 띄운 채 다가온다. 나는 그 귀여운 표현을 '동심어'라고 부르고 싶다.

가장 대표적인 동심어는 "누가 이겨요?"다. 이 시기 어린이들은 끊임없이 꼬리에 꼬리를 무는 질문을 던진다. 특히 동물이 나오는 책을 볼 때면 누가 이기냐는 질문을 수백 번은 하는데, "선생님, 흰수염고래랑 그냥 고래랑 싸우면 누가 이겨요?", "호랑이랑 곰이랑 싸우면 누가 이겨요?"라며 날 난감하게 만든다. 유사 질문으로는 뭐든지 의문을 품는 "왜요?"가 있다.

두 번째 동심어는 "했다요"다. 유치원 어린이들의 대부분은 이 동심어를 사용한다. 누가 알려 주지 않았는데도 "선생님, 제가 이거 다 했다요"와 같은 말을 사용한다. 존댓말을 해야 하는 건 알고 있지만, 익숙지 않아 뒤늦게 '―요' 자만 붙인 귀여운 동심어다. 유사어로 "하자요"라는 말이 있다.

가장 귀여운 동심어는 바로 실수로 나오는 말이다. 어린이들은 듣기를 통해 말하기를 배우기 때문에, 들은 대로 말하는 경우가 많다.

어떤 어린이는 "양념테이프로 붙이니까 잘 된다!"라며 양면테이프를 새롭게 부른다. 그렇게 양쪽이 찐득찐득한 양면테이프는 왠지 먹고 싶어지는 테이프가 된다.

'양면테이프'는 '양념테이프'로,
'립스틱'은 '입술틱'으로 바꿔 말한다.

또 어떤 어린이는 화장 놀이를 할 때 '립스틱' 대신 '입술틱'이라고 말한다. '립+스틱'을 '입술+틱'으로 바꾼 것이다. 결국 입술에 바르는 화장품이기에 틀린 말은 아니다. 귀여운 동심어에 웃음이 절로 난다.

이 모든 것은 어린이들이기에, 동심이 묻은 실수이기에, 어린이들만 줄 수 있는 귀여움과 웃음이기에 더욱 소중하다. 아직 모든 게 서툴러도 하나하나 알아가는 그 기특함 속에서 동심어는 더 빛을 발한다.

가끔 이런 동심어가 나오면 친구들에게 알리고 싶어 입이 늘 근질근질했는데, 많은 사람들에게 이 귀여움을 전파할 수 있어서 뿌듯하다.

# 너희가
# 제일 귀여워

어린이들의 언어는 정말 놀랍다. 특히나 탁월한 단어 선택은 늘 감탄을 자아낸다.

가온이와 놀던 서연이는 "선생님, 아까 가온이가 제가 모르는 글자를 써줬어요. 아주 똘똘해요"라며 내가 해야 할 칭찬을 대신한다. 찰흙으로 무언가를 만드는 아영이를 보고는 "선생님, 아영이는 참 야무져요"라며 학부모 상담을 할 때 내가 할 법한 말을 한다.

하지만 어린이들의 기발한 표현 가운데에서 내가 절대 인정할 수 없는 말이 있다. 그중 하나는 "제가 옛날에 아기였을 때요"다. 스스로를 아기라고 인정하고 싶지 않은지, 1~2년 전 이야기를 할 때도 "선생님, 제가 아기였을 때요"라고 말한다. 고작 3~6년밖에 살지 않은 지금이 대체 아기가 아니라면 언제가 아기란 말인가! 유치원생들의 허세가 담겨 있는 말이라고 할 수 있다.

나는 마음속으로 대꾸한다.

'지금도 충분히 아기야.'

다른 하나는 "귀여워"라는 말이다. 어린이들은 유치원의 한 살, 두 살 어린 동생을 만나면 "귀여워"라고 소리친다. 가끔 교육 자료로 동물 사진을 보여 주면 사방에서 "귀여워"라는 말이 튀어나온다. 그 누구보다, 어떤 것보다 귀여우면서 왜 너희들이 가장 귀엽다는 걸 모르니.

이 순간에는 참지 못하고 말하게 된다.

"너희가 제일 귀여워!"

# (잠)시적 허용

일곱 살이 되면 어느 정도 글자를 쓸 수 있다. 하지만 아직 완벽하게 맞춤법을 아는 것은 아니기 때문에 소리 나는 대로 글자를 쓴다. 심지어 글자를 한 줄로(왼쪽에서 오른쪽으로) 써야 한다는 규칙도 아직 잘 몰라서 이곳저곳에 글씨를 적는 어린이도 있다.

재원이는 종이의 한 귀퉁이에 '악백'이라는 글자를 적었다. 무엇일지 한참 생각하다 뒷장으로 넘겨보니 '뒤에'가 있었다. '앞에'를 소리 나는 대로 적은 것이다. 윤지와 율이는 종이로 하는 땅따먹기 게임을 하고, 결과를 종이 위에 적었다. 결과는 '구승부'. '무승부'가 저렇게 들렸나 보다. 왠지 구수하다.

**서윤아, 감기에 걸리지안캐 건강해**
**내연에 학교 가서 만나자**

가현이가 친구에게 보내는 편지의 일부다. '내년'을 '내연'으로 쓰면 뭐 어떤가. '내년'이라는 말을 쓰려고 했던 것만으로도 기특할 따름이다.

어느 날, '명화'를 감상하는 활동을 하려고 할 때였다. 어린이들에게 "바다반 어린이들은 '명화'라는 말을 들어본 적 있나요?"라는 질문을 했다. 대답은 다양했다. 그냥 어디선가 들었다는 어린이, 꽃 이름 같다는 어린이 등….

그런데 한 어린이가 손을 들더니, "선생님, 박.민.화.

우리 엄마 이름이에요!"라고 자신감 넘치게 말하는 것이 아니겠는가. 전혀 예상치 못한 답변이라 당황했다. 이 말을 들은 어린이들이 너도나도 엄마 이름을 얘기하는 바람에 교실이 떠들썩했다. 나중에 알고 보니 어머니 성함은 '박미나'였다. 너무나 귀엽고 웃긴 일화다.

'시적 허용'은 '문학에서 문법상 틀린 표현이라도 시적인 효과, 예술적 효과를 위하여 허용'하는 것을 말한다. 난 어린이들에게 '잠시적 허용'을 한다. 지금만 할 수 있는 실수니까, 배워가는 과정이니까, 아주 잠깐이니까 괜찮다.

# 우리가 다시
# 만날 수 있을까요?

　지우는 천방지축 장난꾸러기다. 그런데 유난히 교육 봉사를 하러 온 학생 선생님을 따랐다. 학생 선생님에게 편지도 쓰고 함께 놀이도 하면서 마음을 쌓아 갔다. 함께하는 시간이 무르익어갈 때, 학생 선생님을 만날 수 있는 마지막 날이 되었다.

　"얘들아, 오늘은 학생 선생님이 마지막으로 나오시는 날이야. 이제 우리 반에 안 오시고, 학교로 가신대."

그새 학생 선생님과 정이 든 어린이들은 웅성웅성 아쉬움을 표현한다. 그 아쉬운 마음 사이로 지우의 울음소리가 들린다.

"가지 마세요…. 허어어엉…."

이별은 언제나 힘들다. 힘든 일을 견뎌야 하는 지우의 등을 토닥이며 달래 주었다. 지우는 잠시 울음을 그치더니 세상에서 가장 슬픈 얼굴로 진지하게 말했다.

"선생님.. 우리가 언젠가 다시 만날 수 있을까요?"

지우는 슬프게 말했지만 드라마에서 나올 법한 대사를 하는 여섯 살 어린이가 귀엽고 웃겨 웃음이 나왔다. 어떻게 저런 말이 생각났을까.

# 선생님이랑
# 결혼할래?

"선생님 결혼했어요?"

어린이들이 가장 궁금해하는 질문이다. 처음 이 질문을 받았을 때는 손사래를 치며 아니라고 했지만, 너무 많이 받는 질문이라 이제는 능청스러운 답을 할 수 있다. 나름 이 질문에 대한 답변 경력직이 되었다.

유치원에 실습을 나갔던 대학생 때만 해도, 고작 실습생인 나에게 남자 어린이들 몇 명은 '결혼하자'라는 고백을 서슴지 않았다. 선생님과 결혼하고 싶다며 동네방네 자랑하고 다니기도 했다. 그 고백에 마음을 뺏긴 나는 얼른 유치원 선생님이 되고 싶었다.

하지만 시간이 흘러 바라고 바라던 유치원 선생님이 되었는데도 나에게 결혼 고백을 하는 어린이들은 없었다. "좋아해요" 혹은 "사랑해요"라고 고백하는 어린이는 많았지만, 나의 심장을 후벼 판 그 '결혼하자'라는 어마어마한 고백은 끝끝내 나오지 않았다.

어느 날, 나를 안아주며 사랑한다고 이야기하는 어린이에게 엎드려 절을 받고 싶어졌다.

"그럼 선생님이랑 결혼할래?"

"라온아, 선생님 사랑한다며! 답은 정해져 있고 너는 대답만 하면 돼"라고 마음속으로 외치고 있는데, 라온이가 대답했다.

"아뇨. 선생님은 제가 크면 그때 할머니잖아요. 전 할머니랑은 결혼 안 해요."

언제 어린이들이 이렇게 똑똑해졌는지 모르겠다.

# 어린이는 언제나
# 예상을 빗나간다

만화 〈스폰지밥〉의 가장 유명한 노래 중 '월요일 좋아'라는 곡이 있다. 이 노래를 부르며 등원하는 도경이. 나도 도경이의 흥겨움에 맞춰 같이 노래를 불렀다.

"나는 일요일 좋아~"

도경이가 노래를 멈추더니 묻는다.

"선생님, 오늘 출근하기 싫었죠?"

정곡을 찌르는 질문이다. 어떻게 알았지? 열심히 변명해 보지만 도경이는 말없이 웃는다.

또 이런 일이 있었다. 올림픽이 개최되는 시기에는 유치원에서도 올림픽을 주제로 수업을 한다. 올림픽 로고와 종목을 찾아보고 직접 경기도 하며 우리만의 올림픽을 즐긴다. 어린이들은 경기를 보고 와서 나에게 결과를 재잘재잘 알려 준다.

"선생님! 어제 스케이트 경기 봤어요? 은메달이래요!"

올림픽 때문에 한참 시끄럽던 날, 현이는 바닥에 엎드려 그림을 그리고 있었다. 가만히 들여다보니 스케치북에 동그라미 세 개를 겹치게 이어 붙이며 무언가를 그리고 있었다. 올림픽 이야기가 한창이었던 오늘이었기에 무엇인지 바로 알 수 있었다.

열심히 동그라미를 그리고 있는 현이,
신중하고 진지한 모습이다.

"올림픽 로고 그리는구나! 관찰을 잘했네."

동그란 모양끼리 적당한 간격을 두며 신중히 그리는 모습이 대견했다. 현이가 나를 동그란 눈으로 바라보며 말했다.

"아우디 로고인데요."

지금 생각해도 민망한 순간이다. 어린이들은 언제나 나의 예상을 빗나간다.

# 말을 조심히
# 해야 하는 이유

간식으로 요구르트가 나왔다. 나란히 앉은 성준이와 도윤이가 요구르트를 한 모금씩 마시며 이야기를 나눈다.


"요구르트 진짜 달콤하다!"

"진짜 맛있어~"

"근데 요구르트는 뭐로 만들지? 우유인가?"

"아니야~ 우유는 하얗잖아."


고개를 뒤로 젖혀 요구르트의 마지막 한 방울까지 탈

탈 흔들어 마시고 난 뒤 성준이가 물었다.

"선생님, 요구르트는 뭐로 만들어요?"
"우유로 만들걸?"
"거봐, 내 말이 맞잖아!"

성준이는 뿌듯한 표정으로 도윤이를 쳐다봤다. 이어
도윤이가 말했다.

"아니야. 선생님이 '걸?'이라고 말한 거는 아직 잘 모
른다는 뜻이야."

이렇게 자주 말의 힘을 실감한다. 어린이들은 내가 말
한 것을 기억하고 모방한다. "아이 보는 데서는 찬물도
못 마신다"라는 옛말은 틀린 게 없다. 어린이들과 함께
할 때면 나의 언어와 행동에 늘 조심스럽다.

# 틀린 말은
# 아니잖아?

급식실에 갔다가 교실로 올라가는 길, 계단에서 장난치는 어린이들을 발견했다. 이럴 때는 놓치지 말고 꼭 다시 주의를 줘야 한다. 나는 교실에 돌아와 진지한 표정으로 이야기를 시작했다.

"얘들아, 우리 계단에서는 어떻게 다니기로 했지?"
"장난치지 않아요."
"그래, 장난치는 것도, 뛰어서 가는 것도 안 돼! 그럼 왜 그래야 할까?"

소은이가 번쩍 손을 들었다. 내심 고마운 마음에 얼른 발표를 시켰다. 소은이는 당당한 표정으로 대답했다.

"선생님이 하지 말라고 말하는 데에는 다~ 이유가 있는 거예요!"

'틀린 말은 아니잖아?'라는 생각과 함께 나도 모르게 웃음이 나왔다. 어린이들과 함께 있을 땐 도무지 진지할 틈이 없다. 그래서 교실에서는 자꾸 웃음이 새어 나오나 보다.

# 어린이는
# 어른의 거울이다

어린이의 마음을 지킬 수 있는 가장 좋은 방법은 무엇일까? 어린이는 언제 가장 어린이답게 놀까?

당연히 어른이 없을 때다. 내가 없을 때 어린이들은 제일 재미있게 논다. 특히 어린이들은 상상 놀이를 즐겨 하는데, 엄마가 되거나, 가게 주인이 되거나, 강아지나 토끼가 되기도 한다.

"여보, 오늘은 내가 출장 다녀올게."

"야, 이제 아빠는 출장을 갔다가 집에 왔다고 하자~"

10초면 출장을 다녀오는 마법 같은 놀이가 이어진다. 작은 연극을 보는 것 같은 이때, 내가 옆으로 다가가면 "왜요?"라는 말과 동시에 놀이를 멈춘다. "어? 아니야~"라며 모르는 척을 해야 놀이가 이어진다. 역시 내가 없어야 한다.

나는 어린이들을 방해하지 않고, 한껏 귀여움을 맛볼 수 있는 엿듣기 기술을 사용한다. 힐끔힐끔 안 보는 '척'하며 곁눈질로 관찰한다. 얼마나 귀여운 대화를 하는지, 이 귀여움을 세상 사람들이 모두 다 알길 바라는 마음에 공개한다.

한 편의 짧은 시 같기도 한 이 대화들은 실제로 내가 엿들은 대화다. 뉴스를 보면 어른이 될 거라는 생각, 어디선가 알게 된 기름값이 비싸다는 요즘의 경제 상황, 인공호흡을 말하는 게 아닐까 하는 뽀뽀, 놀이와 현실을 아주 자연스럽게 연결하는 출장까지.

너무 귀엽고 재미있어 기억할 수밖에 없다. 내가 없을 때 비로소 때 묻지 않은 순수함을 엿볼 수 있다.

① 뉴스

"나 매일 뉴스 봐."

"그래? 그러면 너 어른 되겠다."

"그러니까~ 나 곧 어른 될 것 같아."


② 기름값 아끼는 법

"부릉부릉~ 너, 내 차 타게?"

"응 타도 돼?"

"그럼, 너 기름값 아끼고 싶어 했잖아~ 내 차 타!"

"고마워."


③ 죽음

"야, 너 죽은 사람을 살리는 방법 알아?"

"몰라…. 음…. 병원에 가야지."

"아니야, 나도 몰랐는데 뽀뽀하면 살릴 수 있더라고."


④ 출장

"아, 이제 정리 시간이다. 우리 내일 엄마 아빠 놀이

또 하자!"

"안돼. 나 내일 어디 가서 유치원 안 와."

"야! 출장 갔다고 하면 되잖아~ 출장 다녀와!"

"그래! 알겠어!"

# 세상에는
# 숫자가 많잖아요

자꾸 장난만 치고 활동에 참여하지 않는 시은이라는 어린이가 있었다. 시은이 때문에 다른 어린이들도 제대로 활동에 참여하지 못했다.

나는 내가 할 수 있는 한, 카리스마가 있는 표정을 지으며 그러지 말라고 고개를 저었다. 나의 카리스마가 부족했는지 여전히 시은이의 장난은 반복되었다. 결국 나는 시은이와 따로 이야기를 나누었다.

"시은아, 자꾸 그렇게 장난을 치면 다른 친구들을 방

해하는 거야. 선생님이 그러지 말라고 시은이에게 눈빛으로 말했는데, 시은이는 계속 장난을 치고 있네. 아까는 눈빛으로 한 번 이야기 했고, 지금은 두 번째로 말하는 거지? 세 번째로 선생님이 하지 말라고 말할 때는, 그때부터 다른 친구들과 함께 재미있게 놀 수 없을 것 같아."

이어 나는 손가락을 접으면서 덧붙였다.

"세 번 중에 한 번, 두 번이 지났으니 이제 마지막 딱 한 번 남은 거야. 벌써 두 번 지났어!"

그러자 시은이는 무언가 생각하더니 이렇게 말했다.

"선생님, 세상에는 1, 2, 3, 4, 5, 6, 7, 8, 9, 10… 그리고 100까지 이렇게 숫자가 많은데, 왜 3까지만 된다고 하는 거예요? 세상에는 숫자가 많잖아요!"

## 슬픔의 무게

일곱 살 반을 처음 맡은 해의 일이다. 우리 반에 서준이라는 어린이가 중간에 입학하게 되었다. 서준이가 잘 어울릴 수 있도록 나뿐만 아니라 다른 친구들도 서준이를 많이 도와주었다.

하지만 서준이는 재미있게 놀다가도 무언가 하나 마음에 들지 않으면 소리를 질렀고, 친구들을 불편하게 하는 행동을 해 아무도 서준이와 함께 놀고 싶어 하지 않았다.

서준이는 들쭉날쭉한 감정으로 별일 아닌 것에도 엉

엉 울며 대성통곡을 했다. 수업시간에 발표를 시켜 주지 않았다고 교실 바닥에 누워 수업 파업을 선언하며 작은 일에도 필요 이상의 감정을 쏟아 냈다.

아직 미숙한 저경력 교사인 나에게는 모든 게 쉽지 않았다. 내가 부족한 탓이겠거니 하고 부단히 노력해도 쉽사리 해결되지 않았다. 서준이의 문제 행동은 늘 반복되었고 해결의 실마리를 찾을 수 없었다.

하지만 그중에서도 나를 가장 힘들게 한 건, 서준이의 말이었다. 서준이는 자신의 실수도, 친구의 실수도 참지 못했다. 전혀 어린이답지 않은 말로 스스로를 자책했다.

"나 그럼 죽어야겠다."
"너 하늘나라 가야 해."

나는 서준이의 말에 깜짝 놀라 더 이상 아무 말도 할 수 없었다. 서준이가 던진 그 한마디가 머릿속에서 떠나지 않았다. 그저 순간의 삐뚤어진 마음이었을까, 무언의 의미가 담겨 있는 걸까, 왜 그런 말을 하는지 서준이를 유심히 관찰하고 지켜봤지만 답을 찾을 수 없었다. 서준이는 화를 냈다가, 울었다가, 떼를 쓰다가, 갑자기 멍하니 창밖을 바라보기를 반복했다.

꙰

　유치원 버스를 타고 체험학습을 가던 어느 날, 서준이가 나에게 넌지시 말했다.

　"우리 형아는 이제 없어요."

　학부모 상담을 위해 부모님 두 분을 직접 만난 날, 몇 번의 전화 상담에도 별다른 말을 하지 않으셨던 어머니는 눈물을 흘리며 말하셨다. 몇 달 전, 서준이가 형이 눈앞에서 사라지는 순간을 지켜봤다고. 그 어린 아이가 죽음의 순간을 목격한 것이다.
　그제서야 나는 아직도 큰 슬픔이 작은 아이를 휘감고 있다는 것을 알 수 있었다. 그 슬픔이 너무 힘들고 무거워서 서준이는 겨우 버티고 있었던 것이다. 이제껏 보이지 않던 서준이의 마음이 보이기 시작했다.

어른뿐만 아니라 아이도 저마다의 무게를 짊어지고 있다는 것을 그때 깨달았다. 그 무게가 때로는 너무 버거워서 넘어질 수도 있고, 바닥에 주저앉기도 한다는 것을. 말로 표현하는 것이 서툴고 혼란스러워서 예상치 못한 방법으로 표출하고 있다는 것을.

서준이의 슬픔은 더 이상 내가 보듬어 줄 수 없을 만큼 점점 커지고 무거워졌다. 작은 어린이가 견디기에는 너무나도 큰 슬픔이었다. 그렇게 서준이는 유치원을 떠났다.


내 몫을 다 하지 못했다는 사실이 미안하고 마음이 아프다. 아직도 종종 서준이가 떠오른다. 서준이는 그 많은 슬픔을 어딘가에 내려놓았을까? 잘 이겨내 툭툭 털어 냈을까? 아팠던 만큼, 슬펐던 만큼 꼭 더 많이 웃고 행복했으면 좋겠다.

# 친구가 되는
# 기적

코로나 감염병 때문에 어린이들의 등원이 들쑥날쑥했다. 친해질 만하면 다시 못 만나게 되기도 해서인지 어린이들은 늘 서로를 어색해했다. 어느 날, 희찬이가 오랜만에 등원했다.

"얘들아, 안녕!"
"오랜만이야~"

짧은 인사를 나눈 뒤, 어린이들은 늘 봐왔던 것처럼

모여 놀기 시작한다. 갑자기 희찬이가 말했다.


"유치원에 오랜만에 와서 너네 이름 다 까먹었다."
"난 김지호! 얘는 도민준! 그리고 얘는 이소영!"


지호는 희찬이를 위해 주변에 앉은 친구들의 이름을
소개해 줬다. 학기 초가 아닌데도 서로를 소개하고 이름
을 물어보는 광경이 생소하면서도 귀여워 옆에서 잠시
멈춰 바라보고 있었다.
지호는 옆에 있는 나를 가리키며 덧붙였다.


"얘는…. 임소정 선생님이야!"


나를 너무 소개하고 싶었던 지호. 우리 반에서는 나이
를 불문하고 모두가 친구가 되는 기적이 일어난다.

# 오늘의 인사는
# 뭐예요?

우리 반에는 인사를 재미있게 나눌 수 있는 인사판이 있다. 공수, 주먹인사, 악수, 안아주기, 하이파이브, 하트 만들기 중 하나를 골라 나와 인사하는 것이다. 어린이들은 말로만 인사를 나누는 것이 아니라 행동으로도 나눌 수 있다는 사실을 재미있어했고, 나도 어린이들과 더욱 친밀감을 느꼈다.

인사판은 꽤 반응이 좋았다. 하원 시간에 어린이들이 모두 한 줄로 서서 차례차례 오늘의 인사를 나누고 집에 귀가하자는 약속도 정했다. 나는 어린이들이 고른

♥ 오늘의 인사 ♥

공수　주먹인사　악수　안아주기　하이파이브　하트

"여섯 개를 다 하면 안 될까요?

저는 도저히 오늘은 고를 수 없어요…."

'오늘의 인사'에 맞게 인사를 건네면 된다.


　"자, 다솜이! 오늘은 어떤 인사를 할까요?"

　"⋯⋯."

　"아직 못 골랐구나. 골라주세요!"

　"⋯⋯."


　한참을 생각하던 다솜이가 어쩔 수 없다는 듯 울상을 지으며 말했다.


　"여섯 개를 다 하면 안 될까요? 저는 도저히 오늘은 고를 수 없어요⋯."


　다솜이의 간절하고 귀여운 요청에 우리 반은 원하는 만큼 '오늘의 인사'를 하기로 했다.

# 일곱 살도
# 알 건 안다

점심시간이 다가오자 너무 배가 고팠다. 유치원 창문으로 보이는 갈비집을 보면서 나는 나지막이 혼잣말을 했다.

"갈비 맛있겠다."

옆에 있던 은영이가 나를 물끄러미 쳐다본다. 나는 민망함을 감추기 위해서 은영이에게 질문했다.

"은영아, 저 갈비집 가봤어?"

"네."

"그렇구나! 맛있었어? 선생님도 먹고 싶다!"


일곱 살 은영이는 단호하게 고개를 젓는다.


"원래 맛있었는데, 주인이 바뀌어서 이제 맛이 없어졌어요."

"어머 그렇구나! 먹어 보니까 달랐어?"

"네. 확실히 달라요."


일곱 살도 알 건 다 안다. 아주 작은 차이일지라도.

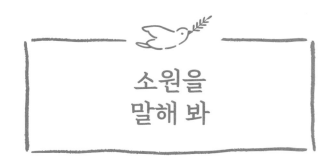

# 소원을
# 말해 봐

추석에 빠트리지 않고 꼭 하는 활동은 바로 소원 쓰기다. 나는 어린이들에게 추석에 볼 수 있는 커다란 보름달에 소원을 빌면 이루어진다고 말한다. 그러면 어린이들은 소원을 하나둘 생각하고 쓰기 시작한다.

어린이 모두가 다르듯 소원도 다 다르다. 수많은 소원 중 가장 기억에 남는 소원 몇 가지가 있다.

**행복한 부자 되면 좋겠어요.**

그냥 부자도 아닌 '행복한' 부자.《흥부와 놀부》의 욕심쟁이 놀부를 떠올렸을까? '행복한'이라는 글자를 분홍색으로 강조한 현명한 어린이다. 나도 늘 로또를 사면서 부자가 되면 좋겠다는 소망을 비는데, 앞으로는 행복한 부자라고 강조할 생각이다.

### 제발 모기 안물리게 해주세요.

이 어린이는 밖에 나가 노는 걸 좋아해 모기에 자주 물렸다. 너무 간지러워해서 개인 상비약으로 모기약을 들고 다니면서 수시로 바를 때도 있었다. 얼마나 싫었으면 모기 안 물리게 해달라고 소원을 비는 걸까.

### 스파이더맨이 되게 해주세요.

〈스파이더맨〉을 본 어린이라면 누구나 한번쯤은 비는 소원이다. 이 소원은 매년 빠지지 않는 단골 소원으로, 어린이들은 항상 히어로가 되고 싶어 한다.

어른들은 안다. 이루어질 수 없는 소원이라는 것을. 하지만 멋진 영웅을 꿈꾸며 정의의 사도가 되고자 하는 어린이의 마음을 아직은 지켜 주고 싶다.

꿈

내가 소원 쓰기 활동을 하는 이유는 어린이들이 어떤 생각을 하고 있는지 궁금하기 때문이다. 그리고 크리스마스와 다르게 물질적인 물건을 가지고 싶다는 것에서 벗어나 진심 어린 마음과 생각을 느낄 수 있다(물론 물질적인 소원도 당연히 나온다).

한 연예인의 자녀가 개인 채널에 나와 "예전에는 하얀 밥이 되고 싶었는데 이제는 마음이 바뀌어 햄이 되고 싶다"라고 말한 영상을 본 적이 있다. 이렇듯 꿈에 관해 이야기를 나눌 때도 어린이의 기발하고 순수한 마음을 만난다.

어린이들은 어른이 말하는 '꿈'을 잘 이해하지 못한다. 그래서 나는 어린이들에게 어른이 되면 하고 싶은 일을 물어보고 꿈이라고 알려 준다.


　곤충을 다 모으고 싶은 곤충 수집가.

　레고를 더 잘하고 싶은 레고 박사님.

　잠수함과 그림 그리기를 좋아하는 잠수함 디자이너.

　무지개 만드는 사람.

　맨날 게임하는 사람.

　빵집 주인.

　아이언맨과 스파이더맨.

　다이아몬드 만드는 사람.


　아직 어려서 꿈은 계속 바뀌고 달라져서 한낱 잠시뿐일 걸 알지만, 그래도 이 순간만큼은 어린이들의 소망이 모두 이루어지기를 내 소원으로 빌어 본다.

# 동요
# 메들리

나는 동요가 좋다. 누군가 들으면 직업 정신이 투철하다고 놀라겠지만, 꼭 내가 유치원 교사여서 그런 게 아니다. 남들은 가요로 채운 플레이리스트가 있다면, 난 동요로 채운 플레이리스트가 있다. 출퇴근길에 듣고 다니기도 하고, 주변 선생님들께 추천하곤 한다.

나는 동요를 부르던 어릴 적 기억이 아직도 생생하다. 동요 〈작은 동물원〉에서 가장 하이라이트 부분인 "소라!"를 외치며 소라처럼 몸을 잔뜩 웅크려 엎드렸던 유치원 시절이 생각날 정도다. '소라'가 되는 시간이 조금만 길어져도 들썩거리며 곁눈질로 친구들을 봤던 기억이 있다.

물론 '동요 부르기'에는 이론적으로 음악적 개념 경험하기, 음악적 능력 증진하기, 노랫말을 통한 언어적 관심 확장 등 무수한 교육적 효과가 많다.

하지만 나는 내가 지금 동요를 부르며 그저 즐겁게 어린 시절을 추억하는 것처럼 우리 반 어린이들도 동요를 부르며 소소한 행복을 느끼던 시절을 기억했으면 좋겠다. 그래서 나는 어린이들에게 매주 한 곡씩 동요를 알려 준다.

소소하지만 가장 뿌듯한 순간은 내가 알려 준 동요를 어린이들이 혼자 흥얼흥얼 부르고 있을 때다. 자동차 놀이를 하면서 〈건너가는 길〉을 부를 때, 그림을 그리면서 〈참 좋은 말〉을 부를 때, 한 명이 흥얼흥얼하다가 여러 명이 함께 부르며 갑작스러운 떼창을 할 때도 그렇다.

아예 음률 영역에서 동요를 부르며 춤을 추는 어린이도 있다.

어느 날, 퍼즐 놀이를 하며 내가 알려 준 노래를 자그마치 메들리로 부르는 어린이가 있었다. 올망졸망한 입으로 가사와 멜로디를 기억하고 노래를 부르다니 기특하고 귀여웠다.

방해하고 싶지 않아 귀를 쫑긋 세워 엿들으며 감동하다가 노래가 끝날 때쯤 물어봤다.

"민이는 어떤 노래를 가장 좋아해?"
"제가 좋아하는 노래요? 음…. 음…."

잠깐 고민하더니 이내 민이가 대답했다.

"여자친구의 〈유리구슬〉, 아이유의 〈가을 아침〉이요. 아, 〈사랑을 했다〉도 좋아요."

이런 게 바로 세대 차이인 걸까. 내가 어린 시절에는 동요가 전부였는데…. 미디어를 이길 수 없는 현실이 약간 슬프기도 하지만 그래도 난 어린이들에게 계속 동요를 알려 주고 싶다. 어떤 노래든 그 순간, 시절을 추억할 수 있겠지만 동요는 동심을 추억할 수 있는 유일한 노래다.

동요는 동심을 가진 어린이들이 함께해야만 더 의미 있는 노래가 된다. 사랑을 주제로만 한 노래가 아닌, 어린이들의 마음과 생각이 담긴 곡이 많기 때문이다.

# 3장

# 어린이에게 위로받는 순간

# 거짓말하지
# 말걸

어린이의 마음을 어리숙한 마음으로 여길지 모르겠지만, 내가 만난 어린이의 마음은 참 따뜻하고 사랑스러웠다. 그 마음으로 내가 위로받고 감동한 적도 많은데, 늘 그 순간을 잊지 못한다. 온기를 느끼고 싶을 때마다 이 기억을 몰래 꺼내 간식처럼 야금야금 되새긴다.

유치원 어린이들은 대부분 부모님이 유치원에 데려다

주기 때문에, 부모님의 출근 시간에 맞춰 빨리 오는 어린이들이 많다. 먼저 오는 선생님이 우리 반, 다른 반 상관없이 담임 선생님이 오시기 전까지 어린이를 봐주기도 한다.

우리 유치원은 당직이 있는 유치원이었는데, 그날은 내가 오전 당직을 맡은 날이었다. 다른 반 다섯 살 어린이가 유달리 일찍 등원했다.

어린이들이 더 오기 전에 얼른 영양제를 먹으려고 했지만 타이밍을 놓쳐버렸다. 아니나 다를까, "선생님, 뭐 먹어요?"라는 소리가 들렸다. 혹시나 달라고 할까 걱정되어서 허겁지겁 거짓말을 했다.

"이거? 엄청나게 쓴 약이야. 아주 엄청나게 써! 다섯 살은 못 먹는대! 너무 써서!"

이 말을 듣더니 어린이의 표정이 약간 어두워졌다. 들킨 건지 걱정되어서 과장을 더해 변명했다.

"선생님! 제가 선생님 엄마한테
주지 말라고 얘기할게요. 엄마 번호 말해 봐요!"

"선생님도 너무 먹기 싫은데, 엄마가 먹으라고 하네! 아휴 너무 먹기 싫다!"

어린이의 얼굴이 더 어두워졌다. 아직도 안 믿는 건가 싶어 다른 방법을 찾으려고 했는데, 갑자기 심각한 표정으로 나를 불렀다.

"선생님! 제가 선생님 엄마한테 주지 말라고 얘기할게요. 안 되겠어. 감히 우리 선생님에게! 엄마 번호 말해봐요!"

이보다 더 나를 생각해 주는 말이 있을까. 이렇게 배려 가득한 마음 앞에서 거짓말을 했다는 사실에 더 미안해졌다. 어린이의 마음은 항상 너무 귀엽고 소중하다.

# 짧은 순간,
# 큰 배려

나를 포함한 유치원 선생님이 가장 힘든 순간이자 마주하기 힘든 순간은 점심시간에 화장실에 가는 일이다. 어린이들은 대변을 보고 처리하는 것을 어려워해 어쩔 수 없이 선생님도 함께 가야 한다. "다했어요"라는 소리가 들리면 몸이 저절로 움직이는 것은 유치원 교사의 숙명이라고 할 수 있다.

점심시간에 "다했어요" 소리를 듣자마자 화장실로 갔다. 휴지를 돌돌 말아 "자 엎드리세요"라고 말했는데, 찬이의 응가가 없었다. 변기가 평소와 다르게 깨끗했다.

"찬아, 응가 아직 다 안 했어? 아무것도 없는데~"

"다했어요. 그런데 선생님한테 냄새날까 봐 물 내린 거예요!"

배려 가득한 아이의 마음에 넘어가 "고마워, 선생님이 앞으로 더 열심히 깨끗하게 닦을게"라고 엉겁결에 비장하게 말했다. 이 배려는 아직도 날 웃음 짓게 만든다.

🌿

이런 일도 있었다. 한 어린이가 갑자기 나에게 다가와 고백하기 시작했다.

"저는 선생님이 정말 좋아요! 계속 우리 선생님이면 좋겠어요!"

"왜?"

"음…. 선생님은 화도 안 내고요, 착하고요, 또 우리가 하고 싶은 거 다 하게 해주잖아요!"

이런 칭찬이 부끄러워 괜한 변명을 했다.

"아니야, 선생님 무서울 때도 있어. 그리고 못하게 하는 것 많잖아. 교실에서 뛰지 말기, 계단에서 장난치지 않기, 싸우지 않기! "

"아휴, 선생님!! 그것도 안 하면 선생님이 아니죠. 그 정도는 하세요!"

서툴러도 어떻게든 나를 생각해 주는 마음을 느낄 수 있었다. 이런 마음에 어린이들과 계속 함께하게 된다. 짧은 순간에 찾은 큰 행복이다.

매일 이런 순간이 오지 않기에 더 소중하다. 배려가 무엇인지 정확한 의미를 알려 주지 않아도, 이미 그 마음 안에는 가득 담겨 있음을 느낀다. 이 글에서 누군가도 온기를 느끼면 좋겠다.

# 망설임 없는
# 칭찬

한 아이가 뚜벅뚜벅 내가 있는 곳으로 오더니, 나를 유심히 살핀다. "서아야, 왜?"라고 물어도 뚫어지게 나를 쳐다본다. 한참 보더니 "선생님 예뻐요. 누구 닮아서 그렇게 예뻐요?"라는 설레는 말을 날리고 유유히 자기가 놀던 자리로 돌아간다.

그 누구에게도 듣지 못했던 박력 넘치는 말을 일곱 살 어린이에게 듣는다. 스무 살은 훨씬 넘게 차이 나는 어른도 이런 말을 들으니 아이처럼 기분은 좋다.

"네가 더 예쁘지!"

"아니에요. 선생님이 더!"

우리는 웃으며 애정 어린 말을 주고받았다. 그러다 갑자기 서아가 옅은 미소를 보이며 말했다.

"선생님, 그냥 우리 둘 다 너무 예쁘잖아요~"

그런 좋은 생각이 있었구나. 우리 둘 다 너무 예쁘면 된다니. 누군가를 시기 질투하지 않고 있는 그대로 칭찬하는 일, 칭찬을 거절하지 않고 자연스럽게 받아들이는 일은 사실 어른들에게 가장 필요한 일이다. 누군가의 기쁨에 손뼉을 힘껏 치고, 응원하고, 칭찬하고, 잘된 일에 격려와 찬사를 보내는 서로가 되어야 한다고 느낀다.

어린이들은 솔직하고 칭찬에 망설임이 없다. 칭찬하고 싶은 일은 마음껏 칭찬한다. 그저 느낀 대로 표현한다. 칭찬받을 때도 마찬가지다. 칭찬받은 어린이는 어른이 하는 "아니에요"라며 칭찬을 거절하는 말도 하지 않

는다. 그저 난 이미 다 알고 있었다는 듯이, 당연하다는
듯이 웃기만 한다.

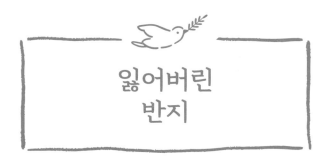

# 잃어버린
# 반지

반지가 없어졌다. 분명 손에 있었는데 어린이들과 너무 열심히 신체 활동을 하다 보니 어디론가 굴러간 것 같다. 수업이 다 끝날 때가 되어서야 알아차렸다.

"얘들아~ 선생님이 손에 끼고 있던 반지를 잃어버렸어. 혹시 같이 찾아 줄 수 있을까?"

나는 우리 반 어린이들에게 SOS를 보냈다. 어린이들은 흔쾌히 허락하며 반지 모양을 물었다.

"금색이고, 동그라미 모양이야. 반지에 작은 동그라미 열 개가 붙어 있어."

"알겠어요. 우리가 찾아보자!"


어린이들은 반지가 잘 보여야 찾을 수 있다며 과학 영역에 있는 돋보기, 손전등을 가지고 왔다. 한 어린이는 역할 영역에 있던 안경 장난감까지 쓰고 나의 반지를 열심히 찾았다.

구석구석 찾아봤지만, 시간이 지나도 반지는 나오지 않았다. 더는 무리일 것 같아 어린이들에게 말했다.


"얘들아, 지금까지 찾아줘서 고마워. 이제 그만 찾아도 될 것 같아. 찾기 끝!"


몇몇 어린이가 내 말을 듣고 속닥거리더니 말했다.


"그럼 우리가 만들어 줄게요!"

반지뿐만 아니라 팔찌와 목걸이까지
모두 한땀 한땀 만들었다.

노란 리본 끈을 오려 동그랗게 모아 붙이고, 내가 말했던 반지의 생김새 그대로 하얀 종이를 동그랗게 오리고 붙여 반지를 감쌌다. 반지뿐만 아니라 팔찌와 목걸이까지 세트로 모두 한땀 한땀 만들었다.

어린이들은 나를 위한 귀금속 한정판을 다 만들고 이렇게 말한다.


"선생님, 잃어버려서 속상할까 봐 만들었어요!"


내가 이 맛에 교사를 하나 보다. 오늘도 나는 따뜻한 마음에 녹아내린다. 종이 반지여도 충분히 행복한 날이다.

# 오래도록
# 기억되는 순간

초등학생이 되어 핸드폰이 생긴 졸업생 어린이들은 종종 나에게 문자를 보낸다.

어느 날 정민이는 아무 말 없이 사진을 보냈다. 국어 문제집 사진으로, 빨간 동그라미가 하나 그려져 있었다. 사진을 확대하니 내용이 눈에 들어왔다.

**주인공들은 추억의 나라에서 그리운 사람들을 만났습니다. 누구를 만나고 싶나요?**

삐뚤빼뚤한 글자로 쓴 정민이의 답은 이랬다.

**임소정 선생님.**
**선생님이 나를 많이 예뻐해주고 좋아해줘서**
**행복해졌어요.**

추억의 나라에서 만나고 싶은 사람이 나라니. 정민이
에게 답장을 보냈다.

"정민아, 선생님도 정민이가 너무 보고 싶어. 선생님
도 정민이 덕분에 행복했어!"

# 귀여운
# 랜덤 뽑기

발표할 아이를 뽑거나 짝꿍을 정해야 할 때, 랜덤 뽑기만큼 공평한 것이 없다. 안이 보이지 않는 상자에 글자를 적은 쪽지를 넣어 어린이들이 뽑은 내용대로 발표자나 짝을 정하기도 한다. 몇 번 그렇게 수업을 하고 나니, 어린이들끼리도 술래를 정하거나 게임을 할 때 자체적으로 뽑기 종이를 만든다.

서우는 갑자기 재활용품 컵에 여러 번 접은 흰색 종이쪽지를 가득 담아 왔다.

"선생님 뽑아요!"

"뭐가 들었는데?"

"뽑으면 알아요!"


나는 신중하고 조심스럽게 종이쪽지를 하나 골랐다.

### 서우에게 아나주기

"그걸 뽑은 사람은 저를 안아주는 거예요!"라고 말하며 와락 안기는 서우. 이런 미션이라면 랜덤 뽑기가 없어도 매일 할 수 있겠다.

# 핫팩보다
# 따스한 마음

추운 겨울, 교실 바닥 온도를 높이고 어린이들을 기다린다. 바닥이 미지근해질 때쯤이면 어린이들이 올 시간이다. 겉옷을 입고 목도리도 하고 모자를 눌러쓰고 주머니에 두 손을 푹 넣은 어린이들이 등원하기 시작했다. 겨울엔 옷 정리만 해도 한 짐이다.

눈사람처럼 돌돌 완전 무장을 한 윤채가 교실로 들어왔다. 윤채의 발그레한 얼굴을 양손으로 감싸며 말했다.

"오늘 윤채가 일찍 왔네! 오는 길 안 추웠어?"

"옷을 두껍게 입고 와서 별로 안 추웠어요."

"그래? 선생님은 오늘 유치원 오는 길 진짜 춥던데!"

옷 정리를 다 한 윤채는 내 손을 덥석 잡더니 다시 손을 놓고 사물함으로 달려간다. 다시 헐레벌떡 뛰어와서 조용히 손에 작은 핫팩을 건넨다.

"선생님 손이 차가워서요. 따뜻하게 해요."

# 다정한 말은
# 다정한 말을 낳는다

예나가 마실 물을 받아오다 복도에 물을 쏟았다. 예나는 큰일이라도 난 것처럼 나를 쳐다봤다. 내가 말릴 틈도 없이 정말 순식간에 일어난 일이었다.

나는 긴장해서 얼어붙은 예나에게 말했다.

"괜찮아, 그럴 수도 있지!"

예나는 그제서야 다행이라는 듯 베베 몸을 꼬면서 민망해한다.

며칠 후 이번에는 도훈이가 미술 영역에서 물감 놀이를 하다 물을 쏟았다. 내가 도훈이에게 괜찮다고 말하려던 순간, 반대편에 앉아 있던 예나가 도훈이에게 이렇게 말한다.

"괜찮아, 그럴 수도 있지. 내가 도와줄게."

예나는 물을 쏟은 친구에게 내가 했던 말을 똑같이 하고 있었다.

긍정적인 말은 긍정적인 말을 만든다. 어린이들은 쉽게 보고 듣고 배운다. 그래서 난 어른들이 조금 달라졌으면 좋겠다. 나와 상관없는 어린이를 마주쳐도 어린이 앞에서는 언제나 긍정적인 말과 행동을 하고, 엘리베이터에서 만난 모르는 어린이가 건넨 인사에도 친절하게 답하고, 따스한 시선으로 바라보기를 희망한다.

'한 아이를 키우는 데 온 마을이 필요하다'라는 말이 있다. 어린이는 언제 어디서나 어른을 보고 따라 한다.

우리가 어린이들에게 세상의 따스함을 알려 주고, 좀 더 나은 세상에서 베풀고 나누며 살아갈 수 있도록, 조금씩 달라지기를 소망한다.

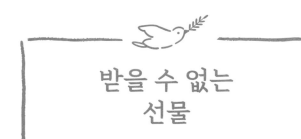

# 받을 수 없는
# 선물

스승의 날, 기훈이가 쭈뼛거리며 다가왔다.

"선생님, 선물이에요."

짧은 내용이었지만 글자를 아직 잘 쓰지 못하는 기훈이의 편지라니. 스케치북 한 장에 얼마나 공을 들여 쓴 편지인지 알 수 있었다.

**선생님 감사해요. 진짜로 마니 사랑해요.**

내민 다른 한쪽 손을 보니 회색빛 작은 집게 핀이 있었다. 당황은 잠시, 우선 기훈이를 안아주며 고마운 마음을 표현했다. 하지만 청렴의 의무를 다해야 하는 나는 아무리 작은 선물이라도 받을 수 없다. 이런 사정을 모르는 기훈이가 상처를 받을까 싶어 나는 집게 핀이 보이지 않도록 포장해서 몰래 가방에 넣었다.

기훈이가 하원한 후 어머님께 전화를 걸었다.

"어머니, 기훈이에게 너무 고마운데, 제가 받을 수 없어서요.."

나는 기훈이의 마음만으로도 넘치는 하루를 선물 받았다며, 죄송함과 감사함을 표현하고 전화를 끊었다.

시간이 지나고 학기 말, 우리 반 어린이들은 여섯 살 수료식을 맞이했다. 수료식이 끝나고 마지막 인사를 나눌 때 기훈이가 나에게 다가왔다.

"선생님, 제가 잘 간직하고 있었어요."

한 뼘 더 커진 기훈이는 7개월 전 선물을 똑같이 내밀었다.

"선생님한테 꼭 주고 싶었어요."

7개월 동안 켜켜이 쌓인 기훈이의 마음이 느껴지는 순간, 그저 선물하고 싶다는 마음 하나로 기다린 긴 시간. 문구점에서 샀다는 그 집게 핀은 어떤 선물보다도 값지다. 잊고 있었던 선물은 이제 더 이상 잊을 수 없는 선물이 되었다.

# 아프지만
# 행복한 날

하루는 출근하기 전 집에서부터 컨디션이 너무 좋지 않았다. 출근은 어떻게 하긴 했지만, 어린이들에게 양해를 구할 수밖에 없었다.

"애들아, 오늘 선생님이 조금 아파서 너희가 도와줘야 할 것 같아. 목이 아파서 작은 목소리로 말해야 하는데 잘 들어줄 수 있지?"

어린이들은 걱정스러운 얼굴로 한참이나 질문을 하고

나서야 고개를 끄덕였다.

"병원은 갔어요?"
"감기 걸렸어요?"

많은 기대는 하지 않았지만 처음 몇 분 동안은 이야기도 잘 듣고 정리도 척척 잘했다. 하지만 우리 반 장난꾸러기들은 이내 평소와 같이 놀기 시작했다. '그럼 그렇지'라는 생각이 들던 찰나, 몇몇 어린이들이 말했다.

"이러다가 선생님 더 아파질 수도 있어!"
"맞아, 선생님 내일 너무 아파서 병원 가면 어떻게 하려고 그래!"

나는 고마운 마음에 고개를 살짝 끄덕였다.

"그러니까 얘들아! 오늘은 선생님이 아프니까 우리가 잘해야지!"

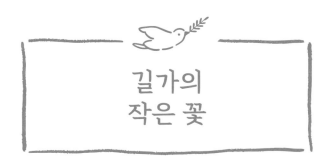

# 길가의
# 작은 꽃

유치원에 등원한 어린이의 손에 무언가 있다. 조심스레 뒤로 숨기더니 가방도 벗지 않고 다가와서 이렇게 말한다.

"유치원 오는 길에 선생님 닮은 꽃 찾아왔어요."

어린이는 작은 몸 뒤에 숨겼던 작은 꽃을 보여 준다. 내 손바닥 위에 올려진 보라색 들꽃. 이 예쁜 꽃을 나를 닮은 꽃이라고 칭해준 게 과분하다.

3월 초만 해도 낯가림이 심해 자주 울던 어린이였는데 언제 이렇게 컸을까. 어느새 자란 귀염둥이가 길가에 핀 들꽃을 보면서 내 생각을 했다니. 오늘도 내가 더 고맙다.

# 행복을 찾아내는
# 능력

작은 몸을 가진 어린이는 어른이 보지 못하는 작은 것들 앞에서 더 반짝인다.

어린이들은 교실 바닥에서 손톱보다 더 작은 반짝이 보석을 작은 손으로 쏙쏙 집어 미술 작품을 완성한다. 나는 아무리 찾아도 보이지 않던 퍼즐 조각도 바로 찾아내고, 좁은 틈에 들어가 있는 구슬도 작은 손으로 쉽게 빼낸다.

바깥 놀이터에 나가면 잘 보이지도 않는 개미들을 어찌나 잘 찾아내는지, 작은 개미만 하염없이 관찰하는 데

여념이 없다. 그뿐이랴, 풀숲에 숨어 있는 방아깨비는
물론 콩보다 작은 콩벌레도 거뜬히 발견한다.

어린이들은 출력된 종이 한 장에서도 따뜻함의 행복
을 발견한다. 좋아하는 캐릭터를 출력해 달라는 지우와
태민이는 복사기 앞에서 곧 나올 종이를 하염없이 기다
린다. 둘은 기다렸다는 듯이 프린트기에서 방금 막 나온
종이를 두 손으로 들고 볼에 갖다 대며 행복한 표정으
로 말한다.

"진짜 따뜻하다…."

어른들에게는 정말 별일 아닌 일도 어린이들에게는
재미있는 순간이고 행복한 순간이다.

어느 날, 어린이들과 동그랗게 모여 앉아 두런두런 이
야기를 나누던 중, 내 옆에 앉아 있는 예지가 내가 입고
온 갈색 원피스를 손으로 만지며 웃는다.

"선생님, 옷이 부드러워서 기분이 좋아요. 계속 만지고 싶어요."

귀여운 예지는 말하는 와중에도 손바닥을 쫙 펴서 손을 왔다 갔다 하며 내 원피스를 손바닥으로 만지작거린다. 손을 위로 쓸어 올리면 진한 색으로, 아래로 쓸어 내리면 연한 색으로 바뀌는 모습을 본 예지는 한껏 신난 목소리로 말한다.

"선생님! 이 옷은 색깔도 바뀌어요! 너무 재밌어요."

어린이들 덕분에 갓 출력된 종이는 찰나의 따뜻한 순간이 되고, 그저 옷장 속 옷 한 벌에 불과했던 내 갈색 원피스는 만지기만 해도 행복을 주는 특별한 물건이 된다.

어린이는 이미 다 큰 어른의 눈높이에서 발견할 수

없는 예상치 못한 작은 행복을 찾아낸다. 어른은 볼 수 없는, 너무 평범해서 바라보지 않는 것들을 어린이는 절대 놓치지 않는다.

어린이는 어른의 시선이 닿지 않는 곳의 행복을 발견한다. 그게 가끔 정신없이 바쁜 어른인 나를 멈춰 세운다. 그 잠깐은 나에게 세상을 어린이의 눈높이로 바라볼 수 있는 틈을 만들어 준다. 나에게 그 틈은 꽤나 위로가 된다. 소박하고 작은 행복이다. 셀 수 없이 많은 세잎클로버 사이에서 단 하나의 네잎클로버를 찾은 것처럼.

# 특별 한정판
# 케이스

어린이가 좋아하는 사람에게 할 수 있는 최고의 표현은 '나눔'이다. 사랑에서 파생된, 소중한 사람에게 소중한 마음을 전하고자 하는 어린이의 표현 방법인 것 같다.

소중하다며 그렇게 자랑하고 아끼던 스티커들을 친구들에게 한 장씩 나눠 준다. 어제 새로 산 스티커도 나의 "부럽다. 선생님은 없는데"라는 말 한마디면 고민 없이 건넨다. 마음을 주는 일을 겁내지 않는다. 그 마음이 날 항상 웃게 한다.

어느 날 하이가 나에게 자기가 가진 소중한 스티커를 선물로 줬다. 그리고 다음 날, 나에게 와서 선물로 준 스티커를 다시 찾았다.

"선생님 내가 어제 준 하트 스티커 잘 있어요? 그거 진짜 소중한 건데."

전혀 기억나지 않았다. 분명 있었는데 없어졌다. 하지만 나는 거짓말을 했다.

"으응. 집에 있어."

하이는 스티커가 집에 있어 볼 수 없다는 사실을 이내 아쉬워했다. 고작 스티커를 주는 일이 별일 아닌 것처럼 보여도, 어린이에겐 마음 전부를 준거나 다름없는 일이라는 걸 뒤늦게 깨달았다.

마음을 받는 일에 소홀하면 안되겠다는 생각에 그때부터 어린이들이 주는 스티커를 핸드폰 뒤 케이스에 붙이기 시작했다.

　하나 둘 모아 스티커를 붙이다 보면 아무 모양도 없던 핸드폰 케이스가 세상에 하나뿐인 '어린이 특별 에디션'으로 꾸며진다. 이름 모를 마법사 캐릭터, 하트, 펭귄…. 남들이 보기엔 너덜너덜하고 우스꽝스러운 핸드폰 케이스임이 분명하지만, 나에겐 사랑의 징표다. 내 핸드폰에는 언제나 사랑이 덕지덕지 붙어 있다.

# 이 빠진 날
# 보낸 문자

　어느 무더운 여름 날, 메시지함를 열어 보니 가장 위에 반가운 이름이 보였다. 작년 일곱 살 제자이자 올해는 초등학교에 간 여덟 살 소영이였다.

　졸업식 이후 처음 받은 연락이었다. 나를 아직도 생각하는구나 싶어 들뜬 마음으로 누른 메시지 창에는 아무런 글자가 없었다. 달랑 사진 두 장뿐이었다.

　한 장은 빠진 이가 훤히 보이는 입안 사진, 다른 한 장은 실에 묶인 이를 찍은 사진이었다. 나는 사진을 보자마자 웃음부터 났다. 얼마나 급하게 보냈으면 어떤 말도

이가 빠진 순간을 얼마나 자랑하고 싶었을지
그 애타는 마음과 기쁨, 설렘이 말하지 않아도 전해졌다.

없이 사진부터 보냈을까.

이가 빠진 이 순간을 얼마나 자랑하고 싶었을지 그 애타는 마음과 기쁨, 설렘이 말하지 않아도 전해졌다. 뜬금없이 보낸 연락일지라도, 여전히 잘 지내고 있음을, 오늘도 무탈하게 잘 자라고 있음을 알 수 있었다.

얼른 축하해 주고 싶어 재빨리 답장을 보냈다.


"소영아, 이가 빠졌네. 정말 축하해! 이빨 요정이 소영이에게 예쁘고 튼튼한 이를 가져다줄 거야!"


졸업한 어린이들과 예전처럼 만날 수는 없어도 가끔 서로를 떠올리고 있다는 사실이, 연락이 없더라도 여전히 잘 자라고 있다는 사실이 큰 위로가 된다. 어린이들이 날 언제까지 기억할지 모르겠지만, 유치원에서의 소중하고 행복했던 기억은 오래 가져가기를 바란다. 그리고 가끔씩 나를 떠올렸으면 좋겠다.

어린이들에게 좋은 소식을 전하고 싶은 사람으로 기억될 수 있다는 건 참 기쁘고도 감사한 일이다. 그 자체로 행복하다. 소영이의 이가 빠진 빈자리가 튼튼한 이와 기쁘고 행복한 일로 가득 채워지기를 바란다.

# 4장

## 날마다 성장하는 어린이

# 어린이에게
# 당연한 건 없다

오늘 급식에는 돈육통마늘구이, 쌈무, 쌈장이 나왔다. 우리 반 다섯 살 로아는 쌈무를 정말 싫어하는지 한 번도 손을 대지 않았다.

'마지막에 먹으려고 남겨 둔 건가?'라고 생각할 때쯤, 로아는 갑자기 쌈무를 손으로 집어 들더니 입 주변을 닦기 시작했다. 세상에나 쌈무를 물티슈로 알고 있었다. 급히 가서 말렸지만 이미 쌈무 국물이 입 주변에 범벅이 된 뒤였다.

급식을 먹기 전 쌈무를 먹는 방법을 미리 설명하지

않았더니 몰랐던 것이다. 다시 보니 어린이가 보기에 쌈무와 물티슈가 꽤 비슷하게 생겼다는 것을 깨달았다. 쌈무를 먹는 방법을 알려 주는 것을 건너뛴 내 탓이다.

나에겐 매번 익숙한 삶이고, 규칙이고, 메뉴지만 어린이에게 당연한 건 없다. 모든 과정과 단계를 거쳐야 한다.

☙

"자, 차례로 한 줄로 서세요. 한 줄 기차 하세요."

이 말을 듣고 어떻게 서야 하는지 머릿속에 그려진다면 당신은 역시나 어른이다. 이 말만 들은 어린이들은 절대 한 줄로 서지 않는다.

일곱 살 담임에서 여섯 살, 다섯 살 반 담임이 되었을 때, 제일 당황했던 것은 바로 어린이들이 한 줄 서기를 잘 모른다는 것이었다. 일곱 살은 한 줄 서기는 할 줄 알았다. 그게 다섯 살, 여섯 살에 배운 것일 줄이야.

'마지막에 먹으려고 남겨둔 건가?'라고 생각할 때쯤,
로아는 갑자기 쌈무를 손으로 집어 들더니
입 주변을 닦기 시작했다.

어린이들에게 한 줄 서기를 설명하는 방법은 다음과 같다. 다섯 명 정도를 앞으로 데리고 나와 한 줄 기차를 어떻게 만드는지 직접 시범을 보여 준다. 그리고 어디를 보면서 걸어야 하는지, 계단은 어떻게 올라가는지, 손과 발의 위치를 구체적으로 알려 준다. 이 과정을 수십 번 반복해야 어린이들은 스스로 무언가를 할 수 있게 된다.

급식실에 가서도 마찬가지다. 급식판 규칙을 하나하나 알려 줘야 한다. 급식실에 가기 전, 급식판을 교실로 가지고 와서 손으로 잡아야 하는 위치를 알려 준다. 왼쪽 반찬과 밥 칸의 중간 어디쯤과 오른쪽 반찬과 국 칸의 어디쯤을 엄지손가락으로 콕 찍어 알려 준다.

그리고 한 명씩 나와 직접 급식판을 잡는 연습을 한다. 단계를 높여 국 칸에 물을 담고, 어린이들이 조심조심 교실을 돌아다니며 물을 흘리지 않도록 함께 연습한다. 다 먹은 후에 잔반은 동그라미 국 칸에 숟가락으로 모아 담아야 한다는 사실도 잊지 않고 알려 준다.

이 과정이 끝난 후 급식실에 가면 아이들은 너무나

귀엽게도 이 순서와 단계를 모두 지키며 급식실을 이용한다. 한 줄 기차를 하고, 급식판을 알려 준 대로 잡으며 약속을 지킨다. 어른보다 낫다.

그렇지만 어린이들은 융통성이 없다. 밥을 먹고 잔반을 동그라미 국 칸에 모으기로 한 약속을 지키기 위해 열심히 반찬과 밥을 국 칸으로 옮긴다.

설령 짜장이나 카레가 나와 밥 위에 바로 올려 먹어 국 칸에 아무런 음식이 없을지언정, 우리가 약속한 '동그란 국 칸'에 잔반을 모으기 위해 열심히 짜장과 카레를 긁어모은다.

멀리서 이 광경을 보면 웃음부터 난다. '아이고! 이럴 때는 네모 밥 칸에 옮기면 되는데..' 하지만 내 탓이다. 어린이들은 잘했다. 배운 대로 했으니까.


우리가 너무 익숙하게 생각하는 일도 어린이에게는 참 별일이고, 어려운 일이다. 어린이를 위해서는 아주 작은 단계여도 그냥 지나치면 안 된다. 어린이에게 당연한 일은 없다.

나는《내가 정말 알아야 할 모든 것은 유치원에서 배웠다》라는 책을 정말 좋아한다. 지금, 이 순간이 꼭 있어야 할 단계라 말하고 있기 때문이다. 단 하나도 당연한 게 없는 어린이들이 알아야 할 모든 것을 지금 나와 함께 배우고 있어서, 어린이들의 일상을 당연한 일로 만들어 주고 있어서, 나는 내 일이 정말 좋다.

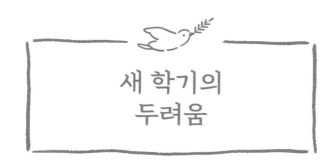

# 새 학기의
# 두려움

퇴근길에 초등학교 입학을 앞둔 졸업생 태경이와 태경이 어머니를 만났다. 태경이의 표정이 너무 좋지 않아 걱정스러웠다. 아직 키도 작고 왜소한 태경이는 새로운 환경에 두려움이 앞선 듯했다.

"태경아, 왜 벌써부터 걱정해! 우리 태경이 얼마나 잘하는데~ 바다 반에서도 진짜 멋졌잖아. 처음은 누구에게나 어려워. 우리 태경이는 잘 할 수 있으니까 너무 걱정하지 마. 선생님이 응원할게. 자 우리 하이파이브 하자!"

태경이가 손을 내밀었다. 하이파이브로 맞댄 손에 내 진심이 전해지길 바라며 태경이에게 응원과 격려를 아끼지 않았다.

한 달 후 3월 4일, 정신없던 유치원 입학식을 끝내고 뒤늦게 핸드폰을 보니 사진 한 장이 와 있었다.

"선생님, 태경이 오늘 씩씩하게 학교에 잘 갔어요. 학교 교문 앞에서 사진을 찍어달라고 하더니 꼭 선생님께 보내달라고 해서요. 선생님 덕분이에요."

하이파이브로 내 마음이 잘 전달된 걸까? 다행히 교문 앞에서 책가방을 메고 포즈를 취한 태경이의 모습엔 설렘이 가득해 보였다. 태경아 선생님이 늘 응원할게.

# 경쟁도
# 꼭 필요하다

"이기는 사람이 먼저 하는 거야!"

"가위바위보!"

"자, 보자기 낸 친구가 이겼다!"

"으아아아앙!"

주먹을 낸 어린이가 울기 시작한다. 승부를 가리는 대목에서 꼭 일어나는 일이다. 지는 게 어색한 어린이들은 매번 울음을 터뜨린다. 닭똥 같은 눈물을 뚝뚝 흘리면서 애처로운 눈빛을 보낸다. '이거, 하지 말 걸 그랬네'라는 내 마음의 소리가 들린다.

　　　　　　　　　　　　〰

　나는 사실 우열을 가려야 하는 일이 우리 반에서 일어나지 않길 바랐다. 내가 어렸을 적 이기려는 욕심으로 울고불고 얼마나 힘들었던가. 어린이들이 그런 피로감에 사로잡히지 않길 바랐다. 어차피 조금만 지나면 끝없는 경쟁을 겪어야 할 어린이들에게 지금만큼은 경쟁을 부추기고 싶지 않았다.

　그러나 승부를 가려야 할 일은 꼭 있었다. 그런 일이 생기면, '텔레파시 가위바위보'를 하자고 해서 같은 걸 내는 사람이 선정된다거나, 내 운명을 맡기는 '랜덤 뽑기' 정도만 겨우 했다.

　게임 활동에서도 이기고 지는 게 싫어 응원 점수와 질서 점수를 만들어 똑같은 점수로 끝내기도 했다. '너희는 행복만 해. 우리 반에 눈물은 없다!'라는 사명을 지키는 슈퍼우먼처럼 어떻게든 피해 갔다.

문득 우리 반을 돌아보니 내가 어린이들을 온실 속의 화초처럼 대한 것 같다는 생각이 들었다. 이기고 지는 법을 모르는 어린이가 언젠간 나중에 경쟁을 하게 되었을 때, 지는 순간을 어떻게 대처해야 할지 혼란스러울 것 같았다.

마냥 경쟁하지 않는 것도 올바른 방법이 아닌 듯했다. 나는 다른 방법을 찾아야 했다(열심히 한 아이들의 노력과 최선을 존중하지 않았던 초임 교사의 서투름을 이제야 고백한다).

그때부터 나는 '연습'을 강조하기 시작했다. "얘들아, 게임은 재미있으려고 하는 거야! 이기고 지는 게 중요한 게 아니야. 지금 이겼다고 맨날 이기는 사람이 아니고, 지금 졌다고 맨날 진 사람이 되는 게 아니야. 즐겁고 신나게 시간을 보내는 게 중요한 거지"라며 내가 꿈꾸던 '쿨'함을 알려 줬다.

매일매일 꾸준히 마법의 주문처럼 경쟁이 시작되기 전에 이 말을 잊지 않았다. 당연히 쉽지 않았지만, 어린이들은 조금씩 지는 연습을 했다. 물론 몇 번씩 연속으로 져서 처참한 패배를 당해 우는 어린이도 있었다. 그럴 때는 잘 버텼으니 괜찮다며 마음을 다해 토닥이고, 나랑 한 판 하자고 제안해 져주기도 했다.

※

우리 반에는 보드게임을 엄청나게 잘하는 진서가 있었는데, 진서와 대결해서 이기는 어린이는 없었다. 그러던 어느 날, 진서가 큰 패배를 맛보았다. 당연히 지는 것이 낯설어 눈물을 흘렸다.

나는 진서에게 "열 번 정도 이기면, 한 번은 질 수도 있어. 실수할 수도 있지. 그리고 이기는 게 중요한 게 아니라, 열 번이나 재미있었던 게 중요하지"라고 몇 번씩 반복해서 말했다.

다행히 진서는 그 뒤로는 져도 울지 않았다. 오히려 "아~ 이번엔 내가 졌다!"라며 웃기까지 했다. 그리고 이제 우리 반 어린이들은 "얘들아, 우리 게임은…"이라는 말을 들으면 "재미있으려고 하는 거예요!"라고 외치는 지경이 되었다.

얼마 전 대학원에서 놀이 과목 수업을 듣는데 교수님께서 이렇게 말씀하셨다.

"선생님들, 경쟁게임도 필요해요. 그것도 아이들에게 중요한 놀이입니다. 아이들도 져 봐야 이기는 기쁨을 알아요. 지는 것에 익숙해지는 연습도 해야 합니다."

이기는 기쁨은 울어도 보고 그만큼 마음이 단단해져야 가질 수 있는 것이었다. 실패를 더 많이 겪고 져 봐야 다음 단계로 나갈 수 있다. 오히려 지금 많이 져 보는 게 중요한 것임을 이제 느낀다.

이제 나는 어린이들이 많이 지고 울기를, 진 만큼, 운 만큼 단단해져서 어떤 일이든 이겨낼 수 있기를 바란다.

# 교사가 되길
# 참 잘했다

　내가 유치원 교사로 세상에 첫발을 내딛은 초임 시절, 진우라는 일곱 살 아이를 만났다. 진우는 일곱 살이지만 유치원이 처음이었다. 진우도 나도 처음 겪는 유치원 생활이었다.

　모든 게 새로운 진우에게 유치원 등원은 즐겁기보다는 엄마와 헤어지는 이별의 순간이었다. 매일 나에게 묻는 질문은 "선생님 엄마 언제 와요?"뿐이었다.

　진우에게 엄마가 오는 시간을 시계 바늘의 위치로 알려 주며 한참을 달래야만 흐르는 눈물을 닦고 엄마를 기다렸다. 진우는 워낙 겁이 많은 아이라 어른이 곁에 없는 순간을 견디지 못했다. 내가 잠시 화장실에 갈 때 조차도 울고불고 대성통곡을 했다.

"진우야, 선생님 멀리 가는 거 아니고 화장실 다녀오는 거야. 그래도 무서우면 화장실 같이 갈까?"

화장실 문 앞에서 잠시 나를 기다리는 것도 무서워하던 진우는 기어코, 좁은 화장실 한 칸 안으로 같이 들어와 기다린다고 떼를 썼다.

나도 이렇게까지 해야 할까 싶었지만 발을 동동거리면서 화장실 앞에서, 교실에서 대성통곡을 하는 진우의 모습을 보는 것이 마음 아팠다. 엄마가 된 것처럼 교사용 화장실 안에도 데리고 들어갔다.

몇 주 동안 그렇게 화장실에 가다가 진우에게 물었다.

"진우야, 오늘은 화장실 문 앞에서 기다릴까? 선생님이 계속 목소리 들려줄게."

흔쾌히 허락하지는 않았지만, 진우는 울지 않고 화장
실 문 앞에서 기다리는 일을 한 달 만에 해냈다. 그렇게
또 몇 주가 지났다.

"진우야, 선생님 화장실 다녀올게!"

평소 같으면 하던 일을 멈추고 잽싸게 따라오던 진우
가 그림을 그리다 말고 나를 보며 말했다.

"선생님, 이제 저 안 무서워요. 여기서 기다릴게요."

유치원 교사가 된 지 두 달여 만에 난 처음으로 혼자
화장실에 다녀올 수 있었다. 이 감동적인 순간을 나만
알 수는 없었다. 수업이 끝나자마자 학부모님께 전화를
걸어 진우의 용기를 축하하는 마음을 나눴다.
  다음 날 학부모님께서는 감사하다며 장문의 편지를
써 주셨다. 진우도 나에게 고맙고 사랑한다며 편지를 써
왔다. 눈물이 났다.

진우에겐 엄청난 용기가 필요한 일이었을 것이다. 그 용기가 발판이 되어 한 뼘 더 성장하는 진우의 모습을 보는 순간을 아직도 잊을 수 없다. 그 순간을 맛볼 수 있는 행운을 내가 누리다니. 진우의 작은 용기가 한 뼘 더 자란 순간, 나도 교사로서 한 걸음 더 성장하고 있음을 깨달았다.

진우뿐만 아니라 매일 유치원에서 만나는 어린이들은 저마다 작은 용기를 내어 새로운 세계를 배우고 있다. 처음 글자를 쓰는 어린이, 친구에게 다가가 "같이 놀자"라고 말하는 어린이, 친구들 앞에서 떨리지만 용기를 내 발표하는 어린이까지. 어린이들에게 이 모든 일은 용기와 도전이 필요한 성장의 순간이다.

나는 앞으로도 많은 어린이들의 첫걸음을 응원할 것이다. 곁에서 한없이 따뜻한 시선으로 바라보는 어른이 되고 싶다.

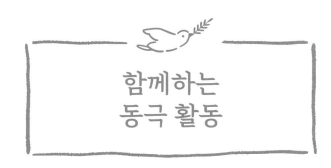

# 함께하는
# 동극 활동

　어린이들과 가을을 주제로 〈단풍잎의 가을 밤〉이라는
동극을 했다. 학예회나 발표회처럼 큰 행사가 아니라 손
으로 만든 역할 머리띠를 쓰고 크레파스로 색칠한 종이
배경에서 우리끼리 교실에서 하는 작은 연극이다.

　동극도 연극이니만큼 역할을 정하고 등장인물에 맞는
소품을 준비하거나 대사를 연습한다. 모든 과정이 순탄
하지 않지만 동극 활동을 할 때 가장 어려운 점은 역할
을 정하는 것이다. 어린이들이 직접 참여하는 것 자체에
가장 큰 의의가 있는 활동이기 때문에 모두가 참여할

수 있도록 다양한 방법으로 문제를 해결한다.

내가 역할을 다시 배분하려고 할 때쯤, 어린이들은 갑자기 머리를 맞대고 상의하기 시작한다.

"아기 단풍잎은 원래 한 명인데…. 그럼 우리 쌍둥이 단풍잎 하는 거 어때? 원래 나무에는 단풍잎이 많잖아."

"우리 머리띠도 만들자!"

시키지 않아도 뚝딱뚝딱 문제를 해결하는 모습은 보고 있기만 해도 기특하다. 단풍잎 역할을 맡은 친구는 알아서 빨간 옷을, 곰 역할을 맡은 친구는 갈색 털옷을 준비해 왔다. 어린이들은 긴장된 표정으로 만반의 준비를 하고 동생들을 기다렸다.

"자, 바다반 어린이들, 이제 곧 동생들이 동극을 보러 온대. 우리 준비하자!"

"앗, 선생님 잠깐만요. 얘들아, 우리 그거 해야 해!"

"아 맞다!"

어린이들이 일사불란하게 모이기 시작했다.
약속했다는 듯 어린이들의 손이 하나둘 포개진다.

"아이고 깜빡했다. 모여!"

영문도 모른 채 멈칫하고 어린이들을 바라보니 약속했다는 듯 일사불란하게 모이기 시작했다. 어린이들의 손이 하나둘 포개진다.

"하나, 둘, 셋!"
"화이팅!!"

작은 손과 마음을 모아 큰 목소리로 서로를 격려하는 모습을 보니 괜히 뭉클하다. 가끔 내게 힘든 일이 있거나, 속상한 일이 있을 때 찍어 두었던 〈단풍잎의 가을밤〉 동극 영상을 보곤 한다. 서로를 격려하는 "화이팅"이 담긴 영상은 나에게도 위로가 되는 소중한 영상이다.

# 상처를 치료하는
# 마법의 약

유치원에서는 크고 작은 사고가 종종 일어난다. 어린 이들은 무릎이 다치기도, 팔꿈치가 까지기도, 어딘가에 쓸리기도 한다. 어린이들은 에너지가 넘치기 때문에 늘 뛰어다니며 시간을 보내고 아직 자기 조절 능력이 뛰어 나지 않아 자주 넘어진다.

나는 큰 사고를 제외하고 비교적 간단하게 치료할 수 있는 만병통치약을 알고 있다. 마음 같아서는 세상의 모 든 병과 상처가 이 약으로 해결되면 좋겠다. 이 만병통 치약은 눈물도 금방 그치게도 하고 다친 곳 때문에 놀이에 참여하지 못하겠다는 어린이의 선언을 막을 수도 있다. 누가 개발했는지 박수를 받아 마땅하다. 이것은 무엇일까?

바로 반창고다. 이 반창고는 얼마나 대단한 위력을 가졌는지, "아팠겠다. 선생님이 반창고 붙여 줄게"라는 한마디면 다친 곳이라면 어디든지, 울적한 기분까지 금방 괜찮아진다.

게다가 귀여움이 가미된 반창고라면 효과는 배가 된다. 요즘 유행하는 캐릭터가 그려져 있다면 회복력이 올라간다. 오해할까 봐 덧붙이지만 물론 큰 상처일 때는 응급 처치를 하고 어린이가 아프지 않도록, 최대한 흉이 남지 않도록 진지하게 대한다. 유치원에서 구급함은 항시 대기다.

"선생님 여기 다쳤어요."

누가 봐도 이미 딱지가 진, 한참이나 지난 상처다. 며칠 전에 다친 상처여도 어린이들은 우선 보여 준다. 귀여운 캐릭터 때문에 반창고를 붙이고 싶어 하는 어린이들도 많다. 그럼 난 못 이기는 척 "정말 정말 아팠겠다. 괜찮아?"라고 물으며 반창고를 붙여 준다.

이 모습을 본 다른 어린이들은 엊그제, 일주일 전, 몇 달 전, 옛날 옛적의 상처까지 말하기 시작한다. 그리고 나는 어린이의 모든 상처와 아픔까지 알게 된다. 가끔은 세상의 모든 아픔을 반창고로 해결할 수 있으면 좋겠다.


작년 우리 반에는 심장 때문에 병원에 자주 가는 어린이가 있었다. 심장병은 다 나았지만 정기검진을 다니는 상태였고, 사실 겉으로는 잘 보이지 않아 크게 괘념치 않았다.

물놀이가 끝난 여름날, 그 어린이의 젖은 수영복을 다른 옷으로 갈아입히다가 가슴 사이에 있는, 누가 봐도 또렷한 일자 모양의 흉터를 봤다. 작은 아이의 몸을 반으로 가른 듯한, 한가운데 있는 꽤 기다란 그 흉터가 참

안쓰러웠다. 얼마나 아팠을까.

세상의 모든 어린이가 아프지 않기를, 반창고나 연고로 나을 수 있는 병과 상처만 있기를, 반창고가 만병통치약이 되어 모두를 위로하기를 바란다. 늘 건강하고 씩씩하기를, 행복한 일만 있기를 바라고 바란다.

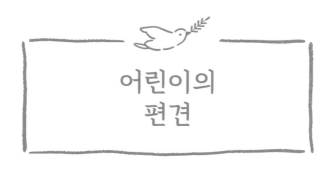

# 어린이의
# 편견

"으아아아앙"

등원이 시작되자마자 울음소리가 들린다. '우리 반 어린이는 아니겠지?' 설마 하는 마음에 현관으로 가 보니, 역시나 우리 반 세미가 울고 있었다. 하지만 세미의 눈물보다 나의 시선을 사로잡은 것은 확 바뀐 세미의 머리 스타일이었다.

"세미야! 단발로 바뀌었네. 짧게 잘랐구나!"

"으아아아아아앙"

학부모님께 자초지종을 듣고 세미와 교실로 향했다. 교실로 가는 내내 아이의 울음소리는 그치지 않았다. 눈물을 뚝뚝 흘리면서 짧아진 머리카락을 자꾸 만졌다. 어제만 해도 마음에 들었는데, 막상 유치원에 와 보니 긴 머리 스타일을 한 친구들이 부러워진 모양이다.

"얘들아, 세미가 새로 한 머리 어때? 잘 어울리지!"
"네! 세미 머리 정말 예뻐요."

그때 문득 백설공주가 떠올랐다.

"세미야, 너 백설공주 머리 따라 했구나. 어쩐지 백설공주 같더라니. 백설공주도 머리 짧잖아!"
"어?! 세미야, 너 진짜 백설공주 같아!"

핸드폰으로 백설공주 사진을 보여 주니 세미는 그제

야 눈물을 그치고 옅은 미소를 지었다. 이 순간을 놓칠 수 없어 이야기를 더 이어 나갔다.

"세미야, 머리카락이 긴 공주도 있고 짧은 공주도 있어. 그리고 여자도 머리가 아주 짧을 수도 있고 남자 머리가 아주 길 수도 있어. 세미가 하고 싶은 대로 하는 게 제일 멋진 거야!"

외모 지향적인 내용인 공주 이야기는 어쩐지 지양하고 싶지만 공주를 좋아하는 건 여자 어린이들의 본능인 듯하다.

어린이들은 생각보다 많은 편견을 가지고 있다. 직업 특성상 선생님은 여자만 할 수 있다고 생각하거나, 소방관이나 경찰관은 남자가 하는 일이라고 생각하기도 한다. 분홍색이면 여자, 하늘색이면 남자로 단정 짓는 어린이들도 많다.

그래서 어른이 어린이들이 올바른 생각을 가질 수 있도록 도와줘야 한다. 말랑말랑한 마음에 편견이 생기기 시작해서 딱딱하게 굳어지면 어린이들은 더 넓은 세상을 볼 수 없기 때문이다.

$$☙$$

　우리 교실에서는 어린이들의 올바른 마음을 지키기 위한 노력이 계속되고 있다. 분홍색과 하늘색을 여자와 남자로 구분하거나 화장실 외에 여자와 남자를 나누는 행동은 최대한 하지 않는다. 요즘은 출석부도 남녀를 나누지 않고 생년월일 순으로 되어 있다.

　하지만 내가 가장 많이 강조하는 것은 어떤 일이든 '누구나 할 수 있음'을 알려 주는 것이다. 키가 작아도, 어린이여도, 성별이 달라도, 경험이 없어도….

　이런 과정이 반복되어야 나중에 어린이들이 고작 작은 편견 때문에 하고 싶은 일을 하지 못하거나 쉽게 포기하는 일이 생기지 않을 것이다. 작고 여린 마음이 커다랗고 단단한 마음이 될 수 있도록, 끊임없이 주문을 외친다.

"우리 모두 할 수 있는 일이야!"

"왜 안 되겠어? 당연히 되는 거지!"

# 편식 고치기
# 3단계

편식하는 어린이들은 정말 많다. 음식이 예상했던 식감이나 맛이 아니거나, 낯선 음식에 대한 불안감이나 거부감으로 편식을 한다. 또 이때의 어린이들은 선호도가 뚜렷해지기 때문에 좋아하는 것에 대한 주장이 강할 수밖에 없다.

편식 지도는 늘 조심스럽고 어렵다. 어린이들이 다양한 음식을 먹으면서 얻는 즐거움을 느끼지 못하게 될까 걱정이 앞선다. 한편으로는 먹는 일로 마음을 상하게 하고 싶지 않아 음식을 어떻게 설명하면 좋을지 매일 생

각한다. 그렇게 생각해 낸 나의 급식 지도 3단계 노하우
는 이렇다.

1단계, 급식실에 가기 전에 모두 모여 오늘의 메뉴를
소개한다. 어린이들은 음식의 모양이나 색깔만 보고 판
단하기 때문에 시도조차 하지 않는 경우가 많다. 그래서
인기 없는 메뉴가 나오면 재료와 조리 방법, 맛까지 자
세히 설명한다.

그리고 검색해서 음식 사진을 하나하나 보여 준다. 그
순간 나의 구원투수는 "아, 저는 저거 먹어봤는데 맛있
었어요"라고 말하는 어린이다.

2단계, 오늘 나온 메뉴를 다 먹으면 생기는 몸의 변화
를 이야기한다. 예를 들어 "오늘 나온 음식을 다 먹으면
에너지가 586만큼 생기고, 뼈를 튼튼하게 만들어 주는
칼슘이 221만큼 생긴대! 너희 키가 엄청나게 크겠다!"라
고 말이다.

숫자는 칼로리를 의미한다. 이 순간만큼은 에너지, 단

백질, 지방, 칼슘, 철분까지 야무지게 숫자를 들이밀며 과장한다. 100이라는 숫자만 들어도 엄청난 숫자라고 생각하는 어린이들의 심리를 간파한 방법이다.

3단계, 솔직함이다. 솔직함을 방패로 삼아 어린이들을 회유한다. 그러면 오늘 꼭 도전해 보겠다며 의지를 불태우는 어린이가 나온다. 나는 보통 "선생님은 사실 오이를 싫어해. 그래도 매일 한 번씩 도전하고 있어. 좋아하는 음식으로 바뀔 수도 있잖아. 너희들도 싫어하거나 처음 보는 음식은 딱! 한 번만 도전해 보는 거야. 한 번 도전했을 때 맛이 없으면 그만 먹어도 돼. 맛이 있으면 계속 도전하는 거지!"라며 아이들을 설득한다.

이런 과정을 매일 거치다 보면 한 번씩 새로운 음식에 도전하는 어린이가 나온다.

"어! 이거 저 도전했는데 먹으니까 맛있어요."
"저 더 먹을래요."

"오늘 나온 음식을 다 먹으면 에너지가 586만큼 생기고,
뼈를 튼튼하게 만들어 주는 칼슘이 221만큼 생긴대!"

내가 어렸을 땐 선생님들이 강제로라도 음식을 먹게 했지만, 지금은 다르다. 어린이가 싫어하는 음식을 계속 먹게 하는 것도 아동학대가 될 수 있기 때문이다.

내 친척 동생은 성인이 된 지금도 종종 유치원 시절의 급식 시간을 얘기한다. 먹기 싫어도 억지로 끝까지 다 먹어야 해서 너무 힘들었다고, 식사를 다 마친 친구들은 놀이를 할 수 있었는데 한 번도 해 본 적 없다며 아직도 생각난다고 한다.

나는 웃을 수가 없었다. 다양한 영양소를 섭취하며 건강하게 성장하는 어린이들의 모습과 싫어하는 음식을 먹으며 상처받는 어린이들의 모습 가운데에서 고민하는 일은 너무나 어렵다.

그래서 내가 찾은 방법은 '도전'이다. 도전이라는 말은 어린이들을 끌어당기는 매력이 있다. 어린이들은 도전이라는 말에 힘입어 용기를 낸다.

나는 어린이들이 작은 일이라도 무언가 시도해 보는

경험이 쌓이고 쌓여 성공을 '맛'봤으면 좋겠다. 새로운 음식을 하나씩 맛보다 보면 언젠가 이루지 못할 것 같던 일도 하나씩 헤쳐 나갈 수 있지 않을까. 어린이들이 도전에 숨겨진 다양한 맛을 찾을 수 있기를 바라며 함께 '도전'을 외친다.

# 백 번 듣는 것이 한 번 보는 것만 못하다

유치원 어린이들과 생활하다 보면 무엇보다 경험이 중요하다는 생각이 든다. 교사로서 어린이들이 더 다양하고 즐거운 경험을 했으면 좋겠다.

교실에서 캠핑 놀이를 할 때만 해도 그랬다. 캠핑을 간 적 있는 어린이들이 주도해서 더 구체적인 상황을 만들고 놀이하기 시작했다. 경험을 바탕으로 한 놀이에서 어린이들은 더욱 몰입하고 즐거워한다. 놀이가 질적으로 달라지는 것이다.

백문이 불여일견, '백 번 듣는 것이 한 번 보는 것보다 못하다'라는 너무나 유명한 고사성어가 있다. 유치원에서는 이 고사성어를 지키기 위한 다양한 노력을 한다.

나를 비롯한 유치원 선생님들의 특징은 자꾸 뭘 줍고 버리지 않는다는 것이다. 나뭇잎이나 도토리를 모아 오고 집에서도 십시일반 일회용품을 모은다. 다 쓴 생활용품이나 못 쓰는 신용카드도 어린이들의 경험을 위해 버리지 못한다. 어린이들이 하나라도 더 경험하길 바라는 마음에서 나오는 진심 어린 노력이다.

나는 장소를 줍지 못하는 것이 아쉬울 때가 많다. 주말에 여행을 가거나 나들이를 갔을 때 어린이들이 즐겁게 놀고 있는 곳을 보면 '우리 반 어린이들도 재미있어 했을 텐데', '멀긴 하지만 이런 곳에 체험학습 오면 좋겠다'라는 생각이 날 때 그렇다.

요즘 유치원에서는 어린이들이 경험하기 힘든 우리나라의 전통을 알려 주기 위해 고추장과 김치 만들기, 떡 만들기, 전통 놀이 한마당 등의 행사를 한다. 또 일상에서 자연친화적인 경험을 할 수 있도록 텃밭 가꾸기, 수

확하기, 숲 놀이 등의 활동을 한다.

다양한 곳에 직접 갈 수 없다면 유치원 내에서 염전 체험, 도예 체험 등 어린이의 경험을 증진할 여러 교육 활동을 계획하고 운영한다. 모든 유치원이 그렇다. 안전의 이유, 예산의 이유 등 제한적인 상황에서도 '그럼에도' 유치원 선생님들은 그저 어린이들의 다채로운 경험을 위해 열심히 움직인다.

지금의 경험이 언젠가 완성될 퍼즐의 한 조각이 될걸 알기에, 오늘도 교사들은 어린이들과 함께 새로운 퍼즐 조각을 찾는다. 우리의 노력이 어린이들이 더 넓은 세상으로 나아갈 발돋움이 될 수 있을 거라 믿는다.

# 이제부터
# 알아 가면 되니까

가끔 어린이들이 너무 솔직해서 당황스러울 때가 있다. 어느 날 머리 스타일을 바꾸고 출근하자 한 어린이가 멀리서 나를 지켜본다. 그리고 쭈뼛쭈뼛 다가와서 "머리카락 왜 잘랐어요?"라고 물으며 나를 유심히 살핀다.

그러더니 "선생님, 머리 별로예요"라며 쌩하고 돌아선다. 미처 화장하지 못하고 출근한 날에는 "선생님, 얼굴이 조금 이상한데요?"라며 예리하게 지적한다.

어린이들의 다툼도 이렇게 시작된다. 친구가 열심히 그린 그림을 "진짜 못 그렸다"라고 지적하거나, 실제 모습과 비교해 색이나 모양이 다르다고 "그게 무슨 ○○이냐!"라는 원초적인 의문을 가질 때 상처받고 우는 어린이가 생긴다. 가끔 교사인 나도 어린이들의 솔직함에 당황해 얼굴이 화끈거릴 때가 있는데, 어린이들은 어떻겠는가.

어린이는 느낀 그대로를 표현한다. 솔직함 그 자체가 어린이가 가진 매력이지만, 그 솔직함은 어른이 다듬어 줄 필요가 있다. 어린이들이 솔직함을 가장한 무례함을 배우지 않도록 말이다.

"희주가 열심히 그린 그림을 다른 친구가 이상하다고 이야기하면 기분이 어떨까?"

"세형이가 좋아하는 공룡 옷을 입었는데, 다른 친구가 별로라고 비웃으면 기분이 어때?"

나는 어린이들에게 역지사지의 상황을 생각해 볼 수 있는 질문을 한다. 솔직함 속에서도 존중이 필요하다. 나쁜 의도를 가지고 이야기하지 않았더라도, 누군가는 상처받을 수 있다고 말이다.

　당연히 지금 당장 변화할 수 없다. 이렇게 차근차근 서로에 대한 존중과 배려를 배우는 과정을 거쳐야 한다. 누군가의 생각이나 표현을 비웃지 않고 존중하는 일, 서로를 인정하고 끄덕이는 일은 더불어 지내는 우리 모두에게 꼭 필요한 일이다.

# 일곱 살의 조건

《진정한 일곱 살》이라는 동화책은 유치원 책장에 빠질 수 없는 그림책이다. 일곱 살을 맞이하는 여섯 살 어린이들이 12월에 꼭 읽는 동화라고 할 수 있다. 어른과 다르게 어린이에게 한 살 한 살 늘어나는 나이는 커다란 기쁨이다.

이 책은 제목에서 알 수 있듯이 일곱 살 어린이가 갖춰야 할 조건을 재미있게 풀어낸 그림책이다. 책을 읽고 나서 어린이들에게 '진정한 일곱 살의 조건'에 대해 묻는데, 각자 다른 조건을 말하는 게 정말 재미있다.

"진정한 일곱 살은 울지 않아야 해요."

"장난감을 사주지 않아도 떼쓰지 않아야 해요."

"줄넘기를 할 수 있어야 해요."

"심부름을 할 수 있어야 해요."

"야채를 잘 먹어야 해요."

"이가 하나쯤은 빠져야 해요."

"불을 꺼도 안 무서워해야 해요."


여섯 살 어린이들에겐 이 모든 게 엄청난 일이다. 일곱 살을 향한 목표고 굳은 다짐이다. 진정한 일곱 살이 되기 위해 노력할 어린이들이 그저 기특하게 느껴진다. '진정한'을 넘어서 '완벽한' 일곱 살의 조건이 아닐까.

나는 어린이들과 헤어지는 순간이 아쉽다가도, 한 살 한 살 나이 먹는 것을 기다리는 어린이들의 마음을 마주하면 그 아쉬움을 표현하는 것이 미안해진다.

그래서 한 살 더 먹는 일이 내게도 기쁜 일이 되도록 한 해를 열심히 살아내고 싶다. 한 살을 먹는다는 건 어린이들이 성장한 만큼 나도 조금 더 성장한 '좋은' 교사가 되는 일이라 다짐한다.

　나도 한 살을 손꼽아 기다리는 어린이처럼, 더 나은 교사로서의 한 살을 기대하며 맞이하는 '진정한' 어른이 되고 싶다.

## 더러운 옷에서
## 만나는 진심

　어린이들이 가장 좋아하는 시간은 바깥 놀이 시간이다. 어린이들은 나뭇가지 하나로 탐정이 되기도 하고 나뭇잎 하나로 요리사가 되기도 한다.

　탐험가가 되어 나뭇잎 사이에 숨어 있는 곤충들을 발견하고 하늘이 되어 주변의 모든 식물에 물뿌리개로 왕창 비를 내려 준다. 에너자이저들은 날아다니는 나비와 잠자리를 열심히 쫓아다닌다. 놀이터 주변을 몇 바퀴씩 도는지 모르겠다. 어지럽지도 않은지 그저 신기하다.

　모래를 좋아하는 어린이들은 '이 한 몸 모래에 바친

다'는 느낌으로 모래놀이에 임한다. 삽, 굴착기, 트럭이 등장하고 모래 놀이터는 금세 공사장이 된다.

땀을 뻘뻘 흘리며 삽으로 최대한 바닥 끝까지 파는 어린이, 수도에서 물을 담아 힘들게 이고 지고 오는 어린이, 이쪽저쪽으로 퍼지는 모랫길로 수도관을 만들기도 한다. 그저 열심히 모래와 물을 섞고, 진흙으로 무언가 만들고, 부수고, 쌓고⋯. 모래와 물만 있으면 어떻게든 논다.

어린이들이 정말 대단한 건 이런 자세로 매일매일 1년을 보낸다는 것이다. 다섯 살, 여섯 살, 일곱 살도 다 똑같다. 어린이들은 온 힘을 다해서 논다. 동심이 사라진 나에게 교훈을 주려는 듯 더 신나게 땅을 판다.

교실로 들어가야 할 시간이 되면 어린이들의 옷은 꼬질꼬질하다. 모래 위에 철퍼덕 앉아서 땀을 삐질삐질 흘려도 옷으로 쓱쓱 닦고, 진흙을 손으로 털다가 안 되면 자연스럽게 바지나 치마에 손을 비빈다. 그렇게 어린이들의 옷은 조금씩 지저분해진다.

모래를 좋아하는 어린이들은
'이 한 몸 모래에 바친다'는 느낌으로 모래놀이에 임한다.

신발과 옷(특히 배 부분, 어린이들은 물을 뜰 때 배부터 닿는다)에는 물이 흥건하고, 모래에서 놀았던 어린이는 모래가, 열심히 뛰어다닌 어린이는 땀이 흥건하다. 텃밭에서 놀다 온 어린이의 채집통은 곤충으로 한가득 채워져 있고, 거기에 더러운 신발은 덤이다.

어린이의 지저분하고 더러워진 옷은 재미있게 놀았다는 훈장이다.

5장

# 가족이라는
# 세계

# 애정 가득한 소원

유치원 현관 앞에 소원을 적어 다는 소원 나무가 생겼다.

"얘들아, 종이에 소원을 적고 나무에 달아 보자. 소원이 이루어질지도 몰라!"

어린이들은 소원 종이에 망설임 없이 소원을 적는다. 힐끗 보니 역시나 가족과 관련된 소원이 대부분이다.

**언니가 날 더 놀아주구 착해졌으면..**

이 소원을 쓴 어린이는 언니와 나이 차이가 크게 났다. 종종 "언니랑 놀고 싶은데, 언니가 저랑 안 놀아요"라고 속상한 표정을 지으며 말한다.

**엄마, 아빠랑 나랑 행복하게 더더더 사랑하는 것**

읽기만 해도 마음이 몽글몽글해지는 소원이다. 어린이는 무지갯빛 색깔로 한 자, 한 자를 정성스럽게 적는다. 보기만 해도 가족을 사랑하는 마음이 얼마나 가득한지 알 수 있다.

'더'를 세 번이나 강조한 더없이 맑고 사랑스러운 소원이다. '사랑하는 것'을 소원으로 빌 정도면 얼마나 많이 가족을 생각하는 걸까. 조그마한 몸으로 엄마 아빠에게 얼마나 많은 사랑을 더 주고 싶은지 나는 감히 가늠할 수도 없다.

어린이들이 가족을 너무 많이 사랑한다는 건 사실 소원 종이를 보지 않아도 알 수 있다. 어린이들은 종이만 있으면 색연필로 엄마 아빠의 이름을 외운 대로 적는다. 글자를 적는 순서 따위는 중요하지 않다. 모로 가도 서울로 가면 된다고, 손끝에 모든 힘을 모아 정성스럽게 한 자 한 자 적는다. 부모님의 이름을 쓰는 그 모습이 얼마나 기특한지 모른다.

엄마 아빠의 이름을 쓰고 나면 마지막에는 "사랑해요"라는 말을 덧붙인다. 어린이들이 쓰고 싶어 하는 말은 항상 '사랑'으로 귀결된다.

사실 어린이들에게 'ㄹ'은 아직 어려운 글자다. 멈출 줄 모르는 색연필은 자꾸 지렁이처럼 길어진다. 글자의 끝이 어딘지, 몇 번을 오른쪽 왼쪽을 왔다 갔다 아래로 내려가야만 끝난다. 이렇게 지렁이 같은 'ㄹ'을 쓰는 한이 있더라도, 어린이들은 결국 '사랑'을 써낸다.

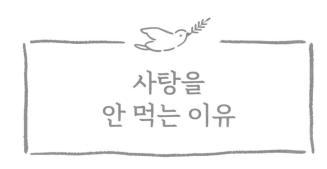

# 사탕을
# 안 먹는 이유

 

 

유치원 앞마당에서 어린이들끼리 하는 줄넘기 대회가 열렸다. 여섯 살과 일곱 살이 섞여 줄넘기 오래하기 경쟁을 시작했다. 평소에도 줄넘기를 좋아했던 시윤이는 일곱 살 형 누나 사이에서도 기죽지 않고 열심히 줄넘기를 했다.

한참의 시간이 지나도 여섯 살 시윤이는 멈추지 않더니, 이내 마지막까지 살아남은 최후의 줄넘기 왕이 되었다. 비공식적인 경기였지만, 끝까지 해낸 시윤이가 너무 기특했다.

"시윤아, 정말 줄넘기 잘하더라! 우리 유치원의 줄넘기 왕은 너야!"

대견한 마음에 뭐라도 주고 싶은데, 내가 가지고 있던 건 사탕뿐이었다. 나는 시윤이에게 딸기 맛 막대사탕을 건네며 말했다.

"줄넘기 잘해서 선생님이 주는 선물이야! 지금 먹어도 돼."

시윤이는 딸기 맛 막대사탕을 받아 들고는 한참 만지작거리며 바라보았다. 그리고 고민 끝에 사물함으로 뛰어가 가방 앞주머니에 사탕을 넣었다.

"시윤아, 사탕 나중에 먹게?"
"엄마가 좋아하는 맛이라서요. 엄마 주면 좋아할 것 같아서요."

먹고 싶은 마음도 꾹 참고 엄마를 생각하는 마음. 사탕의 달콤함보다 더 달콤한 사랑이 담겨 있지 않을까.

# 가족사진이 필요할 때

난생 처음 유치원에 온 지안이는 적응하기까지 많은 시간이 필요했다. 특히 등원할 때마다 엄마와 떨어지는 것을 너무 힘들어했다. 울고 그치는 한참의 과정이 있어야 유치원에 겨우 등원할 수 있었다. 교실에 와서도 한참 재미있게 놀다가 갑자기 엄마가 생각난다며 눈물을 뚝뚝 흘렸다.

몇 주가 지나도 늘 힘들어하는 지안이를 위해 좋은 방법을 찾고 싶었다. 어떻게 해야 지안이의 눈물을 그치게 할 수 있을까? 곰곰이 생각하다가 지안이 어머니께

우리가족

유치원에 온 지안이는 나에게 사진 하나를 내밀었다.
엄마와 아빠, 동생과 함께 찍은 가족사진이었다.

가족사진을 보내달라고 부탁드렸다. 유치원에 온 지안이는 나에게 사진 하나를 내밀었다. 엄마와 아빠, 동생과 함께 찍은 가족사진이었다.

"지안아, 앞으로 엄마가 보고 싶을 때는 오늘 가져온 사진을 보는 게 어떨까? 선생님이 지안이 사물함에 사진을 넣어 둘 테니까, 보고 싶으면 언제든 와서 사진을 꺼내서 보는 거야!"

그날 교실에서 잘 놀던 지안이가 멈칫하더니 눈물을 또르르 흘리기 시작했다. 그러고는 벌떡 일어나더니 사물함을 열어 가족사진을 꺼냈다. 방울방울 눈물을 흘리며 사진을 한참 바라보고, 껴안고, 만지다가 이내 울음을 그쳤다.

맛있는 간식도 아닌 재미있는 장난감도 아닌, 가족사진 한 장으로 눈물을 뚝 그칠 수 있다니. 어린이들에게 가족은 어떤 존재일까. 내가 상상한 것보다 훨씬 큰 자리를 차지하고 있는 것 같다.

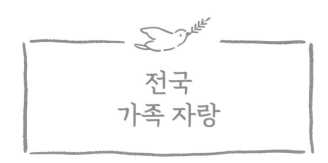

# 전국
# 가족 자랑

가족 이야기에서 빼놓을 수 없는 건 다름 아닌 형제자매에 대한 이야기다. 어제 산 장난감 자랑보다, 재미있었던 여행 자랑보다, 어린이들의 어깨를 한껏 높여 주는 건 바로 형제자매에 대한 자랑!

누가 먼저랄 것도 없이 언니, 누나, 오빠, 형, 동생에 대한 이야기를 시작한다.


"어제 우리 언니가요, 뽑기에서 파이리 뽑았어요. 대단하죠?"

언니라는 호칭 때문에 여자아이가 한 말이라고 오해할 수 있지만, 사실 시완이는 남자아이다. 그럼에도 누나를 부를 때 특이한 호칭을 사용한다.

알고 보니 작은 누나가 큰 누나를 부르는 호칭인 '언니'를 똑같이 따라 하고 있었다. 누나들을 보고 자란 시완이는 작은 누나는 '누나'로, 큰 누나는 '언니'로 불렀다. 덕분에 큰 누나, 작은 누나라고 구분하지 않아도 첫째와 둘째를 단번에 알 수 있었다.

신기하게도 '언니'라는 단어를 사전에서 찾아보면 남녀 공용어로, 성별이 같은 손위 형제를 가리켜 사용하는 말이라고 나오니, 안 될 말도 아니다.


또 유치원에는 유독 형 자랑을 많이 하는 어린이가 있었다.


"우리 형아는요. 2학년이에요. 그리고 태권도도 잘해요. 품띠예요."

"정말? 진짜 멋지다!"

윤재의 말에 내가 호응하면 윤재는 늘 이 말을 덧붙인다.

"그런데 말썽꾸러기라서 조금 혼나긴 해요."

얼마 전 동생이 생긴 예은이는 이렇게 말했다.

"얘들아, 내 동생 진짜 진짜 귀여워."
"그래?"
"응 그런데 맨날 울어서 조금 시끄러워. 귀여운데 조금 힘들어."

어린이들의 가족 자랑을 듣고 있으면 어린이들이 언니와 오빠, 누나와 형, 동생을 생각하는 마음이 얼마나 반짝이는지 느껴진다. 작은 단점이 있더라도 자랑하고 싶은 애타는 어린이의 마음을 엿보는 게 얼마나 간질간질한지. 어린이에게 가족이란 언제든 자랑하고 싶고 이야기하고 싶은 세상의 전부다.

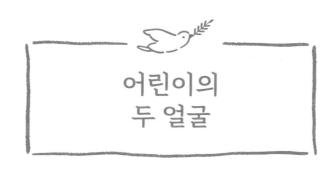

# 어린이의
# 두 얼굴

외동인 예성이에게 동생이 생겼다는 소식을 들었다.

"예성아! 동생 생긴다며? 너무 좋겠다."
"네. 이름은 열매예요."

평소 예성이는 어른스럽고 듬직했다. 분명 동생이 생
긴다면 누구보다 잘 챙겨 줄 것 같았다. 그 믿음도 잠시,
예성이 어머니께서는 요즘 예성이가 투정부리는 횟수
가 늘고 엄마와 떨어지지 않으려고 한다며 걱정하셨다.

나는 이해가 가지 않았다. 교실에서의 예성이는 평소와 다르지 않았다. 항상 친구들을 의젓하게 챙기고 투정도 부리지 않는 아이였다. 잘 지켜보겠다고 이야기하며 대화를 마무리했지만 의아함은 가시지 않았다.

다음 날 예성이가 교실에 도착하자마자 예성이 어머니의 문자를 받았다.

"선생님, 오늘 예성이가 울면서 유치원에 갔어요. 괜찮은가요?"

하지만 예성이는 언제 울었냐는 듯이 신나게 뛰어다니고 있었다. 가방을 정리하다 만 채로 친구들에게 다가가 장난감을 구경하며 웃고 있었다. 방금까지 울고 왔다는 사실이 믿기지 않았다.

나중에 어머니께 이 상황을 그대로 알려드리니, 두 얼굴을 하고 있어 속았다며 허탈하게 웃으셨다.

평소 예성이는 어른스럽고 듬직했다. 그 믿음도 잠시,
예성이 어머니께서는 요즘 예성이가 투정부리는 횟수가 늘고
엄마와 떨어지지 않으려고 한다며 걱정하셨다.

아마 예성이는 동생이 생기는 기쁜 마음과 함께 동생에게 곧 엄마를 양보해야 한다는 사실을 직감적으로 알고 있었을 것이다. 아마 어엿한 '형아'가 되기 전 마지막 외동의 특권을 누리려는 작전이었을지도 모른다. 조금 서툴렀지만 엄마를 너무 사랑하기 때문에, 더 사랑받고 싶어 나온 행동임은 틀림없다.

두 얼굴이었던 예성이는 몇 번의 투정 끝에 어느새 어엿한 형이 되었다. 아침마다 눈물로 투정을 부리던 예성이는 온데간데없고, 이제는 교실에서 동생 자랑을 쉴 새 없이 늘어놓는 형아 예성이만 남아 있을 뿐이다.

# 동생이 왜
# 어른이에요?

　어린이들은 가족 관계를 이해하기 어려워한다. 어린이에게만 엄마가 있어야 한다고 생각하는지 "선생님도 엄마가 있다고요?" 하고 놀란다. 심지어 내가 아빠도 있다고 하면 까무러칠 정도다.

　저번엔 "선생님도 동생이 있어"라고 말하니, 사진을 보여 달란다. 동생과 내가 같이 찍은 사진을 보여 주니 한 어린이가 당황한 목소리로 말했다.

　"동생이 왜.. 어른이에요?"

심지어 친한 선생님은 이런 대화도 엿들었다고 한다.

"그거 알아?"

"뭐?"

"(속삭이며)우리 엄마가 할머니 딸이래!"

"진짜???"

"응. 너도 그래?"

"나는 몰라."

"집에 가서 한번 물어봐. 너도 그럴 수도 있어."

"진짜 신기하다.."

엄마가 '할머니 딸'이라는 사실에 이렇게나 놀라워한다. 그러니 외할머니와 친할머니를 구분하지 못하는 것은 당연하다.

"선생님, 저 주말에 대전 할머니 집에 다녀왔어요. 물놀이도 하고, 맛있는 것도 먹었어요."

"진짜 재미있었겠다! 대전 할머니는 친할머니야? 아

니면 외할머니야?"

"그건 몰라요. 그냥 대전 할머니인데.. "


　하지만 어린이들은 어른만 알아들을 수 있는 힌트를
준다.


　"음…. 그런데 우리 엄마가요, '어머니'라고 불러요."

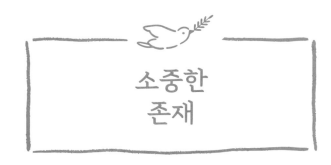

# 소중한
# 존재

　하루는 보건소 주최로 어린이들이 임산부 체험을 할
수 있는 기회가 생겼다. 어린이들은 처음으로 만삭 체험
조끼를 입어 보는 특별한 경험을 선물받았다.

　엄마에게 감사함을 느끼는 기회뿐만 아니라, 어린이
들이 엄마 아빠에게 얼마나 소중한 존재인지도 알려 주
고 싶었다. 그래서 이렇게 말했다.

　"엄마는 너희가 뱃속에서 잘 자랄 수 있도록 열 달 동
안 기다리셨대. 너희가 건강하고 튼튼하게 태어나길 바

라면서, 너희를 만나려고! 너희는 진짜 특별한 존재야."

어린이들은 서로 만삭 체험 조끼를 입겠다고 손을 들었다. 늘 엄마 역할 놀이만 하다가 정말 엄마가 된다니 신기했나 보다. 하지만 생각보다 무거운 무게에 당황하는 얼굴들. 어린이들은 어정쩡한 표정과 자세로 엉거주춤 서 있다가 조끼를 금세 벗고 말한다.

"엄마가 되면 이렇게 무거워요?"
"뱃속에서 아기가 자라서 점점 무거워지는 거야."
"엄마가 날 소중하게 생각했을 것 같아요."
"엄마한테 이렇게 무거운데 나를 기다려줘서 고맙다고 말할래요."

내가 낳은 자식도 아닌데 왜 눈물이 핑 도는 걸까.

## 어린이의
## 0순위

어린이들은 정말 신기하게도 대충 좋아하는 법이 없다. 공룡이고 자동차고 꽂히면 뭐든 진심이다. 서진이는 공룡 이름을 줄줄 외웠고, 우재는 지하철 노선도는 물론 지하철의 기종까지 알고 있고, 예빈이는 '티니핑'의 모든 캐릭터를 알고 있다. 좋아하는 것이라면 하나부터 열까지 진심으로 아끼고 사랑하는 마음이 보인다.

그런 어린이들이 그보다 더한 진심을 보이는 것이 있다. 가족, 어린이들은 늘 언제나 가족에게 진심이다.

엄마가 좋아하는 음식을 줄줄 꿰고 있고,

아빠랑 자전거 탄 주말을 추억하며 행복해하고,

엄마가 예쁜 옷을 사줬다며 자랑하고,

엄마와 아빠 이름을 적어 외우고,

유치원에서 매일 편지와 선물을 만들어 가고,

하원 중 가족을 만날 때 표정이 가장 밝아진다.


좋아하는 것에는 대충이 없는, 모든 어린이의 0순위
는 가족이다.

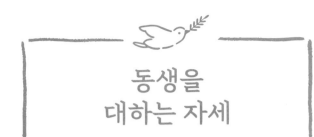

# 동생을
# 대하는 자세

유치원생을 동생으로 둔 초등학생 형제자매의 가장
큰 임무는 '유치원 등원길 함께 가기'다.

유치원 어린이들은 아직 보호자 없이 혼자 유치원에
등하원을 할 수 없으므로 형, 누나, 언니, 오빠가 등하원
시간에만 잠깐 대리 보호자 역할을 하기도 한다. 하지만
초등학생 언니 오빠는 이제 동생보다 친구에게 더 관심
이 많을 때로, 동생의 등하원을 귀찮아할 때가 많다.

출근길에 언니랑 등원하던 송희를 만났다. 송희와 손
을 잡은 송희 언니의 발걸음이 바빠 보였지만, 언니의

마음을 모르는 송희는 여유가 넘쳤다.

장녀인 나는 동생과 함께 다니는 일이 얼마나 귀찮은지 알기 때문에 송희 언니에게 말을 건넨다.

"송희는 선생님이랑 같이 유치원 갈게!"

말이 끝나기가 무섭게 송희 언니는 싱글벙글 웃으며 초등학교까지 전력질주를 한다.

하지만 채아의 오빠는 송희 언니와 달랐다. 나이 차이가 많이 나는 여동생이라서 그런지 어린 보호자 역할에 아주 충실했다. 누구보다 동생을 끔찍하게 생각했다.

채아 오빠는 나를 만나면 학부모님이 할 법한 말을 서슴지 않고 했다.

"선생님, 우리 채아 잘 부탁드려요. 채아 공주! 오빠 간다. 잘 지내 사랑해!"

채아 공주는 오빠의 마음을 모르는지, 휙 하고 유치원으로 들어간다.

우리 반 어린이들은 역시나 언니 오빠의 사랑을 듬뿍 받고 있었다. 꼭 잡은 손에서, 동생과 있을 때만 나오는 어른스러움에서 그 사랑은 어쩔 수 없이 새어 나온다.

# 우리 아빠 말이
# 다 맞아

"선생님 심심해요."

내가 유치원 교사가 되고 난 후 가장 당황스러웠던 순간이다. 바로 실컷 신나게 놀다가 갑작스럽게 와서는 심심하다는 말을 아무렇지도 않게 하는 어린이를 만났을 때다.

장난감이 이렇게 가득한 교실에서, 와자지껄 친구도 많은 교실에서, 도대체 왜, 무엇이 심심한 걸까? 교사로서 도무지 이해할 수 없었다. 하지만 당혹스러운 이 상

황을 몇 번 경험해 보니, 어린이들은 진짜 심심한 게 아
니라 새로운 놀이를 하고 싶거나, 친구가 필요할 때 '심
심하다'라는 표현으로 순간의 결핍을 표현했다.

어느 날 지영이가 시무룩한 표정으로 나에게 다가왔
다. 무슨 문제가 생겼을까, 그 이유를 물으려던 찰나 다
른 놀이를 하고 있던 태이가 달려왔다.

"지영아 너 심심해?"
"응."
"우리 아빠가 그랬는데, 심심할 땐 책을 보면 된대. 우
리 아빠는 뭐든지 다 알거든!"

비장하게 해결 방법을 말하는 태이. 내가 말할 새도
없이 지영이를 책꽂이가 있는 곳으로 데리고 가서 함께
책을 고른다. 영문도 모른 채 지영이는 태이와 책을 읽
으며 심심함을 달랜다.

태이는 그 후로도 누군가 심심하다고 이야기하면 쏜살같이 달려와서 "우리 아빠가 그랬는데~"라며 꿋꿋하게 책을 펼쳤다.

태이 아버님도 "심심해"라는 이야기를 수도 없이 듣고 만들어 낸 해결 방법임이 분명했다. 어른인 나는 여쭤보지 않아도 알 수 있었다. 아빠의 말을 철석같이 믿는 태이 덕분에 나도 원활하게 어린이들을 지도할 수 있었다. 태이가 나타나 심심한 어린이들의 해결사가 되었기 때문이다.

어린이들은 엄마 아빠의 말이라면 의심하지 않는다. 태이의 말에는 무한한 사랑과 믿음이 담겨 있었다. 아빠를 세상에서 가장 멋진 사람으로 생각하는 맑고 커다란 사랑이었다. "우리 아빠가 그랬는데~"라는 말에는, 아빠를 향한 믿음이 가득 담겨 있다.

# 모두를
# 울리는 목소리

 

유치원 졸업식은 초등학교에 가기 전 유치원에서의 마지막을 기념하는 날이자 지난 시간을 돌이켜 보며 즐겁게 추억하고 또 새로운 시작을 응원하는 날이다.

졸업식은 가족 모두가 참여하는 특별한 날이다. 어린이들은 유치원의 마지막 길목에서 가족들을 위한 노래 선물을 준비한다. "가족들에게 깜짝 선물을 하자!"라며 들뜬 얼굴로 노래와 율동을 연습하는 어린이들. 그날만을 기다리며 설레는 마음으로 노래 연습을 한다.

교실에서 연습할 때는 몇 번을 들어도 눈물 한 방울

나지 않다가도, 막상 가족들 앞에서 노래하는 어린이들의 목소리를 들으면 눈물을 참을 수 없다. 나는 수십 번들은 어린이들의 목소리에 주책맞게 또 눈물을 흘린다.

나의 눈물샘을 자극하는 첫 번째 포인트는 어린이들의 눈빛과 시선이다. 어린이들은 작은 무대에서도 가족을 찾는 일을 빼먹지 않는다. 까치발을 하고 고개를 이리저리 돌리며 가족을 찾는다. 가족을 찾지 못했을 때와 찾았을 때의 표정이 확연하게 달라, 이것을 지켜보는 재미가 있다.

두 번째는 어린이들의 진심이다. 가족을 위해서 부르는 그 순간의 목소리에는 진심이 담겨 있다. 사실 교실에서 연습할 때는 진심이 잘 느껴지지 않는다.

그 다정하고 애정 어린 진심은 진짜 가족 앞에서만 나온다. 실수하지 않으려는 노력, 열심히 부르려는 마

가족을 위해서 부르는 그 순간의 목소리에는 진심이 담겨 있다.
그 다정하고 애정 어린 진심은 가족 앞에서만 나온다.

음, 모든 것이 하나로 합쳐진 그 목소리는 무엇보다 감미롭다.

마지막은 노랫말이다. 언제 그 가사를 다 외웠는지, 올망졸망 움직이는 입 모양이 그렇게 기특할 수가 없다. 특히 졸업식에서 〈이 세상에 좋은 건 모두 주고 싶어〉라는 곡을 부를 때면 곳곳에서 훌쩍이는 소리가 들린다.

이 곡을 어린이들의 목소리로 들으면 감동이 배가 된다. 노랫말이 얼마나 예쁜지 가족들 모두 한 뼘 더 자란 아이들을 축복하고 응원하며 흐뭇한 눈물을 흘린다.

하지만 어린이들은 어른들의 이러한 마음도 모른 채 열심히 노래를 부른다. 가족을 사랑하는 마음을 담아, 이 세상에서 좋은 건 모두 드린다는 노랫말을 싱글벙글 웃으며.

# 할머니의
# 조건 없는 사랑

진아는 유독 만들기 놀이를 좋아했다. 뽕뽕이로 인형을 만들다가 집에 갈 시간이 다가왔다.

"선생님 그런데요.."
"응, 진아야 왜?"
"우리 집엔 목공 풀이 없는데, 하루만 빌려주면 안될까요? 사달라고 해도 할머니가 뭔지 모를 것 같아요."

어쩜 이렇게 야무질까. 안 줄 수가 없다.

"진아야, 목공 풀 가져가도 돼. 선생님이 그냥 줄게!"

다음날, 진아의 헝크러진 머리를 묶고 있는데, 진아가 앞만 바라보며 말했다.

"선생님, 어제 감사했어요. 할머니가요, 목공 풀 줘서 감사하다고 말하래요."

진아는 덧붙여 말한다.

"사실 우리 할머니는요, 선생님한테 고맙다고 맨날 말해요. 그냥 우리 진아, 나 잘 돌봐 줘서 고맙대요."

나는 원래 할 일을 한 것뿐인데, 워낙 진아는 야무져서 내가 한 것도, 손이 간 것도 없는데. 오랜만에 나도 아무 이유 없이, 조건 없이 받았던 할머니의 사랑이 떠올랐다. 진아 덕분에 따뜻한 사랑을 잠시 얻어 받은 기분이다.

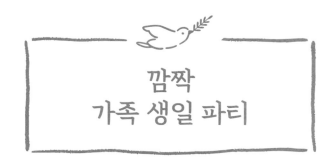

# 깜짝
# 가족 생일 파티

"선생님! 오늘 우리 엄마 생일이에요."

"우리 아빠 생일이라 이따가 파티하기로 했어요."

동네방네 큰 행사라도 열리는 듯, 어린이들은 여기저기에 부모님의 생일을 자랑하기 바쁘다. 덕분에 나는 우리 반 어린이들의 경조사를 대부분 알고 있다.

오늘의 주인공은 세은이 어머니였다. 등원한 순간부터 엄마의 생일을 자랑하던 세은이는 곧 알록달록한 종이를 들고 책상 앞에 앉았다.

세은이는 미술 영역 서랍을 열었다 닫았다 하며 예쁜 스티커, 스팽글 같은 꾸미기 재료를 찾았다. 마땅한 재료를 찾고 사인펜을 한 자루 꺼내 글씨를 썼다. 그러다가 잠시 갸우뚱거리며 종이와 사인펜을 양손에 들고 나를 찾아왔다.

"선생님! '축' 어떻게 써요? 저 오늘 엄마한테 편지 써야 하거든요. 깜짝 편지요!"

하루 종일 함께 있는 엄마와 잠깐 떨어져 있는 시간이 어린이들에겐 절호의 찬스다. '깜짝' 선물을 준비하려면 지금이 최적의 타이밍이라는 걸 어떻게 알고 있는 걸까.

어린이들은 이 기회를 놓치지 않고 엄마를 기쁘게 하기 위해, 아빠에게 마음을 전하기 위해 유치원에서 열심히 움직인다. 글자를 배우고 편지지를 예쁘게 꾸미며 한 땀 한 땀 편지를 완성한다.

가족에게 예상치 못한 기쁨과 행복을 주는 일의 소중함을, 엄마와 아빠에게 그저 받기만 하는 작은 어린이가 아니라, 나도 무언가 줄 수 있다는 뿌듯함을 어린이들도 느끼고 있는 것 같다. 하루 중 잠깐의 이별의 시간도 엄마와 아빠를 향한 마음으로 꽉 차게 쓰고 있는 걸 보면 말이다.

　이 넘치는 사랑 앞에서 나도 어쩔 수 없다. 기특한 마음에 나는 언제나 성심성의껏 깜짝 선물의 조력자가 될 뿐이다.

# 어린이와
# 함께하는 시간은
# 느리게 흐른다

어린이는 투명합니다. 슬프면 울고, 화나면 소리를 지르고, 좋으면 웃습니다. 감정 카드에 그려진 표정과 글자처럼 어린이의 얼굴을 보면 모든 감정을 바로 알 수 있습니다. 쭈뼛거리는 몸짓은 무언가 망설이고 있다는 뜻이고, 입을 씰룩거린 채 웃으며 절 지켜보는 건 자랑할 일이 있다는 뜻입니다. 순간의 마음을 숨기지 못하는 미숙함이, 훤히 들여다볼 수 있는 마음이 어린이가 가진 가장 큰 매력입니다.

하지만 교실에서 어린이들과 지내다 보면 누구보다

그 순간에 솔직해지는 건 바로 저인 것 같습니다. 저는 교실에서만큼은 어른스럽지 않아도 됩니다.

어린이와 친구가 되어 속상했던 이야기를 나누기도 하고, 주말에 힘든 일이 있었다며 위로를 받기도 하고, 귀여운 핸드폰 케이스를 샀다며 유치한 자랑을 하기도 합니다. 교실에서 어린이들과 함께 춤을 추다가 쫘당 넘어져도 웃으면 그만이고 그림책을 읽다가 슬픈 장면이 나오면 눈물을 흘리면 그만입니다.

모든 일을 묵묵히 구태의연하게 받아들여야 하는 어른의 무게는 교실 밖에서만 해당됩니다. 어린이들과 함께하는 시간에는 그럴 이유가 사라집니다. 그저 그 순간의 감정과 마음에 충실해집니다.


어린이들은 저를 '임소정'으로만 바라봅니다. 선생님이라서 안 될 일도 없고, 당연히 어른이기 때문에 해야 하는 일에도, 잘하는 일에도 감탄하며 칭찬합니다. 어린이의 시선에서 더 재고 따지지도 않고, 보이는 그대로 저를 봅니다. 저도 점점 투명해집니다.

우리 반은 '나잇값'을 치르지 않아도 되는 유일한 공간입니다. 조금 실수해도, 깜빡 잊어도, 엉뚱한 질문을 해도 괜찮습니다. 어린이들은 편견 없이 저를 바라봅니다. 저 또한 어린이의 솔직함을 자꾸 닮아 갑니다. 어쩌면 교실에선 어른의 시간이 천천히 흐를지도 모르겠습니다.

제가 만난, 앞으로 만날 어린이들이 행복했으면 좋겠습니다. 어른에게 행복을, 사랑을 재지 않고 나눠 준 만큼 그대로 돌려받아, 다정하고 따뜻한 어린이로 성장하길 바랍니다.

어른은 모르는 어린이의 귀여운 사생활

# 전지적 어린이 시점

ⓒ 임소정 2025

**1판 1쇄** 2025년 3월 27일
**1판 2쇄** 2025년 6월 4일

**지은이** 임소정
**펴낸이** 유경민 노종한
**책임편집** 구혜진
**기획편집 유노라이프** 구혜진 **유노북스** 이현정 조혜진 권혜지 정현석
      **유노책주** 김세민 이지윤
**기획마케팅 1팀** 우현권 이상운 **2팀** 이선영 최예은 전예원 김민선
**디자인** 남다희 홍진기 허정수
**기획관리** 차은영
**펴낸곳** 유노콘텐츠그룹 주식회사
**법인등록번호** 110111-8138128
**주소** 서울시 마포구 월드컵로20길 5, 4층
**전화** 02-323-7763 **팩스** 02-323-7764 **이메일** info@uknowbooks.com

**ISBN** 979-11-94357-14-8 (03810)